10-17쪽
러시아

18-25쪽
중국

62-65쪽
한국과 일본

36-43쪽
유럽

58-61쪽
인도와 파키스탄

52-57쪽
중동

44-51쪽
아프리카

72-73쪽
오스트레일리아

지은이 팀 마샬

영국의 저널리스트예요. 세계 각 지역에서 일어나는 여러 가지 이슈에 관한 글을 쓰고 있어요. 그동안《스카이 뉴스Sky News》
《비비시BBC》등에서 25년 넘게 국제 문제 전문 저널리스트로 활동해 왔지요. 2010년에 블로그 '국제 문제Foreign Matters'는
우수한 정치 저작물에 주는 상인 오웰 상의 최종 후보에 오르기도 했답니다. 2015년에 출간한 『지리의 힘』은
한국을 비롯한 미국, 영국, 독일 등에서 베스트셀러로 큰 화제를 불러일으켰어요.

그린이 그레이스 이스턴

영국의 일러스트레이터예요. 센트럴 세인트 마틴스, 브라이턴 대학, 미니애폴리스 아트 앤 디자인에서 일러스트레이션을 공부했어요.
뉴욕일러스트레이터협회, 영 크리에이티브 네트워크 등을 통해 작품들이 세계적으로 알려졌답니다.

그린이 제시카 스미스

영국의 일러스트레이터예요. 최근에 팔머스 대학을 졸업했어요.

옮긴이 서남희

대학에서 역사와 영문학을, 대학원에서 서양사를 공부했어요. 「그림책과 작가 이야기」시리즈를 썼으며, 「아기 물고기 하양이」시리즈,
『분홍 모자』,『코끼리 탐험대와 지구 한 바퀴』,『세계사 박물관』,『가난한 사람은 왜 생길까요?』등 수많은 책을 우리말로 옮겼어요.

세계사를 한눈에 꿰뚫는
대단한 지리

1판 1쇄 펴냄-2020년 2월 25일, 1판 10쇄 펴냄-2022년 1월 31일

지은이 팀 마샬 **그린이** 그레이스 이스턴, 제시카 스미스 **옮긴이** 서남희 **펴낸이** 박상희 **편집** 김솔미, 전지선 **디자인** 신현수
펴낸곳 (주)비룡소 출판등록 1994. 3. 17.(제16-849호) **주소** 06027 서울시 강남구 도산대로1길 62 강남출판문화센터 4층
전화 영업 02)515-2000 **팩스** 02)515-2007 **편집** 02)3443-4318,9 **홈페이지** www.bir.co.kr
제품명 어린이용 각양장 도서 **제조자명** Cyberprint Group Company Limited **수입자명 (주)비룡소 제조국명** Thailand **사용연령** 3세 이상

PRISONERS OF GEOGRAPHY: Our World Explained in 12 Simple Maps
by Tim Marshall, illustrated by Grace Easton, Jessica Smith
Text copyright © 2019 Tim Marshall
Illustrations copyright © 2019 Grace Easton, Jessica Smith
Published by arrangement with Simon & Schuster UK Ltd 1st Floor, 222 Gray's Inn Road, London,
WC1X 8HB A CBS Company and Elliot and Thompson Limited 27 John Street, London WC1N 2BX.
All rights reserved. No part of this book may be reproduced or transmitted in any form
or by any means, electronic or mechanical, including photocopying, recording or by any
information storage and retrieval system without permission in writing from the Publisher.

Korean translation copyright © 2020 by BIR Publishing Co., Ltd.
This Korean translation edition is published by arrangement with
Simon & Schuster UK Ltd through KCC(Korea Copyright Center Inc.), Seoul.

이 책의 한국어판 저작권은 ㈜한국저작권센터(KCC)를 통해 저작권사와 독점 계약한 ㈜비룡소에 있습니다.
저작권법에 의해 한국 내에서 보호를 받는 저작물이므로 무단 전재와 무단 복제를 금합니다.
ISBN 978-89-491-8954-3 73900

이 도서의 국립중앙도서관 출판예정도서목록(CIP)은 서지정보유통지원시스템 홈페이지(http://seoji.nl.go.kr)와
국가자료공동목록시스템(http://www.nl.go.kr/kolisnet)에서 이용하실 수 있습니다.(CIP 제어번호 : CIP2019034583)

세계사를 한눈에 꿰뚫는

대단한 지리

팀 마샬 지음 · 그레이스 이스턴, 제시카 스미스 그림 | 서남희 옮김

비룡소

차례

8 작가의 말

9 '지리'가 지금 우리 삶을 만들었다고요?

10 러시아
12 어떻게 가장 큰 나라가 되었을까?
14 얼음에 갇힌 항구들
16 강력한 천연자원

18 중국
20 중국의 탄생
22 티베트는 왜 그토록 중요할까?
24 뜨거운 바닷길 분쟁
25 강력한 해군을 만들어라!

26 미국
28 커다란 땅을 어떻게 통합했을까?
30 최고의 물길 교통망
32 세계 최강국 굳히기

34 캐나다

36 유럽
38 지리의 축복
40 산업 혁명
41 북서 유럽 vs. 남동 유럽
42 전쟁과 평화

44 아프리카
46 지리의 방해
48 조각난 대륙
50 오늘날 아프리카

52 중동
54 억지로 만든 국경
56 천연자원이 부른 문제

58 인도와 파키스탄
60 커다란 분열

62 한국과 일본
64 한국과 북한: 분단국가
65 일본: 섬나라

66 라틴 아메리카
68 대양과 연결하라!
70 브라질: 지리에 맞서다

72 오스트레일리아

74 북극
76 모두가 원하는 땅

78 미래

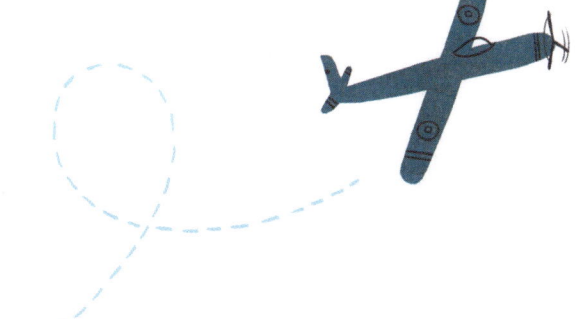

작가의 말

어린이를 위한 『세계사를 한눈에 꿰뚫는 대단한 지리』가 출간되어 매우 뿌듯합니다. 이 책은 지난 30년 동안 제가 보도한 전 세계의 뉴스를 바탕으로 쓰였어요. 그동안 저는 지리를 이해하지 않고는 이 세계의 이야기를 할 수 없을 거라는 생각이 점점 커져 갔습니다. 지리가 국제 관계에 끼치는 영향을 사람들에게 보여 주고 싶었지요. 그 결과 먼저 탄생한 책이 어른 독자를 위한 『PRISONERS OF GEOGRAPHY』(한국어판 이름 『지리의 힘』)입니다. 복잡한 세계를 더욱 잘 이해하려는 열망을 가진 독자들에게 열렬한 환호를 받았고요.

『세계사를 한눈에 꿰뚫는 대단한 지리』는 어른들을 위해 쓴 책에서 가장 중요한 내용들을 뽑아, 더욱 세밀하게 다듬었습니다. 더불어 그레이스 이스턴과 제시카 스미스의 아름다운 그림으로 생생하게 묘사했지요. 여기 실린 지도들은 축척을 그대로 따르지 않고, 이야기를 잘 전달하기 위해 디자인되었습니다. 이 책을 통해 어린이 독자들은 세계 곳곳을 새로운 시각으로 바라볼 수 있을 것입니다.

이 책들이 제게 준 가장 좋은 보답은, 긍정적인 비평을 받았다거나 세계적인 베스트셀러에 올랐다는 점이 아닙니다. 물론 반가운 소식이긴 하죠! 하지만 그보다는, 십 대 학생들이 제 책을 읽고 대학에서 역사, 국제 관계, 정치, 지리를 공부하겠다는 마음이 생겼다고 말해 줘서 더욱 기뻤어요. 아름다운 그림들을 넣은 이 책이 그처럼 어린이들의 마음을 움직여 준다면, 이루 말할 수 없이 기쁠 것입니다.

팀 마샬

'지리'가 지금 우리 삶을 만들었다고요?

우리가 살고 있는 '땅'은 늘 우리 삶을 이루는 중요한 요소였어요. 땅은 전 세계에서 전쟁, 정치, 사회에 영향을 끼쳤지요. 오래전에 고대 부족의 지도자들은 방어에 유리한 더 높은 지역을 장악하려 했어요. 그것은 오늘날도 마찬가지예요. 정부와 지도자와 사회 들의 선택은 강, 산, 사막, 대양에 가로막히곤 해요. 그러니까 어느 나라든지 산맥이 어디에 있는지, 배가 오갈 수 있는 강이 있는지와 같은 지리적 요소가 아주 중요한 영향을 끼치죠.

지리란 강이나 산 같은 실제 지형만 뜻하지는 않아요. 물론 그것도 중요하지만, 기후나 천연자원도 중요하지요. 왜냐하면 이 모든 것은 오랜 시간에 걸쳐 인간의 문화가 어떻게 발전해 왔는지에 영향을 끼쳤고, 지금도 끼치고 있거든요.

물론 오늘날에는 기술의 도움으로 지리적 한계를 어느 정도 극복할 수 있기는 해요. 인터넷을 통해 우리는 늘 연결되어 있고, 비행기를 타고 산맥을 넘을 수도 있지요. 그러나 이 모든 기술적 진보에도 불구하고 지리는 여전히 중요해요. 지구의 지리를 이해하면, 이 세상에서 벌어지는 사건들을 더욱 잘 이해할 수 있기 때문이랍니다.

어떻게 가장 큰 나라가 되었을까?

러시아가 항상 거대하진 않았답니다. 지금은 세계에서 가장 큰 나라지만, 첫걸음은 여러 부족이 합친 작은 무리에서 시작했거든요. 그러다 점차 몸집을 불리며 세력을 확대하고 이웃들을 집어삼킨 거지요. 러시아의 지도자들은 공격받기 쉬운 서쪽의 평원 때문에 늘 걱정이 많았답니다.

1 9세기에 부족들이 모여 오늘날 우크라이나의 수도인 키예프 근처에 터를 잡고 키예프 대공국을 세웠어요. 오늘날 러시아의 출발점은 바로 그곳이랍니다.

2 여러 해 동안 몽골 기병들이 제국을 확장하기 위해 남쪽과 동쪽에서 침입했어요. 13세기에 이르자, 이들은 키예프 대공국보다 힘이 세졌어요.

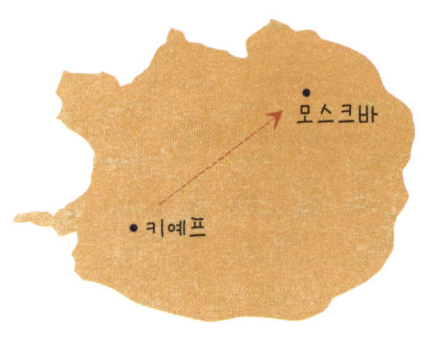

3 몽골의 침입 이후, 키예프 대공국은 힘이 약해졌어요. 권력의 중심은 동쪽 모스크바로 옮겨져 모스크바 대공국을 이루었지요. 그런데 이곳은 평평한 지형 때문에 방어하기 어려웠어요.

4 모스크바 근처에는 적군의 침입을 막아 줄 산맥도, 사막도 없었어요. 러시아의 역사 내내 많은 지도자들은 모스크바 서쪽에 산맥이 있기를 간절히 바랐을 거예요.

5 1547년에 폭군 이반 4세는 러시아 최초의 차르(황제)가 되었어요. 그는 러시아를 방어하기 위한 더 나은 방침이 필요하다고 생각했어요. 결국 먼저 공격하는 것이 최상의 방어라고 여기고, 이웃 나라들을 점령하며 영토를 넓혀 갔지요.

6 그다음 100년 동안 러시아는 우랄산맥을 넘어 동쪽으로는 시베리아, 남쪽으로는 카스피해까지 영토를 넓혔어요. 그제야 러시아와 그 적들 사이에 천연 방어벽들이 생겼어요. 바다를 건너거나 산맥을 넘어서 침략하기는 힘들 테니까요. 침략군이 쳐들어온다고 하더라도 군대의 물자를 나르는 길이 어마어마하게 길어서 식량과 무기를 군대에 공급하기가 매우 어렵게 되었지요. 러시아의 땅덩이가 너무 넓어졌으니까요.

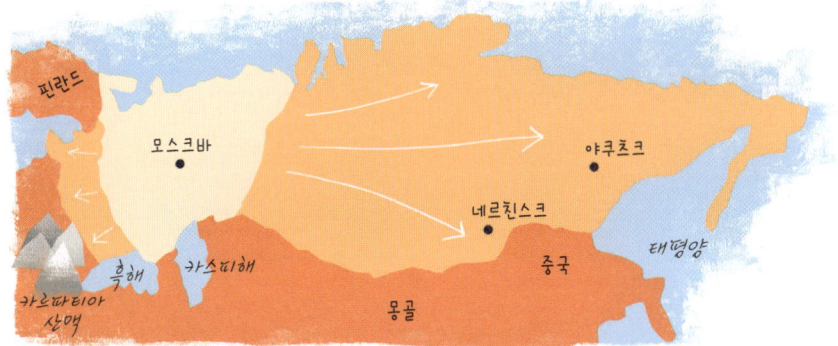

7 18세기에 러시아는 계속 세력을 넓혔어요. 동쪽으로는 태평양, 서쪽으로는 카르파티아산맥까지 뻗어 나가며, 우크라이나, 리투아니아, 라트비아, 에스토니아를 정복했어요. 러시아 제국은 유럽 최강국에 들게 되었답니다.

8 서쪽의 많은 나라가 북유럽 평원을 통해서 러시아를 침략하려고 했어요. 1610년부터 1612년까지 폴란드군이 모스크바를 점령했지만, 러시아 민중들의 봉기를 몇 차례 겪고 물러났지요.

9 1708년에 스웨덴이 쳐들어왔지만, 러시아 군대는 드넓은 땅에 기대어 뒤로, 뒤로 계속 물러갈 수 있었어요. 농작물과 가축들이 적의 손에 넘어가지 않게 불태우고 죽이면서 말이지요. 식량을 구할 수가 없었던 스웨덴 군대는 겨울을 나지 못하고 많은 이들이 죽었고, 결국 패배하고 말았지요.

10 1812년에 프랑스의 나폴레옹이 침략했을 때도 러시아는 스웨덴 침략 때와 똑같은 꾀를 썼어요. 나폴레옹군은 모스크바까지 쳐들어왔지만, 군대의 물자를 나르는 길이 너무 길어서 식량을 공급받기 어려웠어요. 겨울이 다가오자 굶주림에 지친 프랑스군은 결국 물러나고 말았지요.

11 1941년에 독일군이 침략했을 때도 똑같은 일이 벌어졌어요. 독일은 여름에 기습적으로 공격했지만, 러시아군을 완전히 패배시킬 수 없었어요. 겨울과 물자 공급 부족이라는 장애물에 독일군도 포기하고 말았지요.

12 1945년에 제2차 세계 대전이 끝났지만, 러시아는 더더욱 뻗어 나가며 동유럽과 중부 유럽의 많은 나라를 지배했어요. '소련(소비에트 연방)'이라는 이름의 러시아 제국은 태평양에서 베를린까지, 북극에서 중앙아시아 아프가니스탄 국경까지 뻗어 있었어요.

20세기 말로 접어들며 소련이 무너졌어요. 서쪽의 영토를 잃었고, 따라서 방어막이 되어 준 산맥도 없어졌지요. 북유럽 평원을 통해 침략당한 경험이 많은 러시아의 지도자들은 서쪽 국경을 방어하는 데 늘 신경을 곤두세워요. 옛날과 마찬가지로 지금도 러시아는 산맥을 갖고 싶어 할 거예요.

얼음에 갇힌 항구들

러시아의 북쪽 해안 항구들은 겨울에 자주 얼어붙어서, 배들이 두꺼운 얼음에 갇히곤 해요. 러시아에서 가장 큰 항구인 동해 연안의 블라디보스토크는 일 년 중 몇 달을 얼음에 갇혀 있지요. 바다를 통해 이동하는 해상 교통은 매우 중요해요. 러시아가 세계의 강국이 되려면 해군이 자유롭게 오갈 수 있어야 하거든요. 해상 교통은 교역에도 중요해요. 땅 길과 하늘길보다는 물길로 상품을 운송하는 게 훨씬 싸니까요. 그래서 러시아는 늘 따뜻한 남쪽 어딘가에 항구를 가지고 싶어 했어요. 일 년 내내 먼바다로 나갈 수 있는, 얼지 않는 항구를요.

러시아

오랫동안 러시아는 우크라이나 크림반도의 세바스토폴에 해군 기지를 두고 있어요. 이 항구는 물이 따뜻해서, 겨울에도 배가 지중해를 거쳐 대서양까지 갈 수 있거든요. 우크라이나와 러시아의 사이가 좋아서 문제는 없었어요. 그런데 2014년에 우크라이나가 유럽 연합과 협정을 맺으려 하면서 러시아와 긴장 관계에 놓였어요. 러시아와 유럽 연합은 갈등이 심했으니까요. 러시아는 세바스토폴에 해군 기지가 있어서 크림반도를 장악하고, 단 하나 있는 부동항(겨울에도 물이 얼지 않는 항구)을 지킬 수 있었답니다.

강력한 천연자원

러시아는 지리의 은혜를 입었어요. 원유와 가스 같은 천연자원이 풍부하거든요. 시베리아와 러시아 극동은 춥고 황량해서 사람이 살기 어렵지만, 원유와 가스가 발견되는 러시아의 보물 상자예요. 러시아의 세계 천연가스 공급량은 미국 다음으로 많아요. 길고 긴 관을 통해 유럽에 가스와 원유를 공급하면서 부와 힘을 쌓지요. 그 양은 무려 유럽에서 쓰는 가스와 원유의 4분의 1이 넘어요.

냉전

제2차 세계 대전 이후 소련(그때 러시아의 이름)은 동유럽 거의 대부분을 지배할 정도로 매우 강력했어요. 유일한 맞수는 미국뿐이었지요. 소련은 공산주의라는 새로운 정치 이념을 받아들였어요. 그런데 다른 많은 나라는 공산주의를 좋아하지 않았어요. 이 때문에 한편에서는 미국과 서유럽이, 다른 편에서는 소련이 맞서서 힘을 겨루는 '냉전'이 시작되었어요. 양쪽은 서로 적대적이었고, 언제 공격받을지 몰라 두려워했어요. 사실 진짜로 전쟁을 벌이지는 않았지만 말이에요.

1991년에 소련이 무너지자, 동유럽의 나라들은 러시아로부터 떨어져 나갔어요. 그중 많은 나라가 소련 체제 아래서 고통을 겪었고, 서유럽과 더 가까운 관계를 맺고 싶어 했거든요. 오늘날 러시아는 예전의 적들이 국경에 더 가까워질까 봐 걱정하고 있어요. 그래서 주변 나라에 계속 영향력을 끼치려고 가스와 원유를 싸게 공급하지요.

기호

- 가스
- 원유
- 러시아산 가스 공급률(2018)
- ← 가스관

러시아와 가까운 나라일수록 원유와 가스를 러시아에 더 많이 의존해요. 러시아는 이 점을 이용해서 그 나라들과의 관계에 영향을 미쳐요. 사이가 좋은 나라한테는 러시아산 에너지를 싸게 공급하거든요. 이를테면 핀란드는 발트 3국(에스토니아, 라트비아, 리투아니아)보다 좋은 조건으로 공급받지요.

에너지를 러시아에 의존하는 나라는 러시아와 사이가 나빠지지 않게 조심해야 해요. 안 그랬다가는 에너지 공급이 끊길 수도 있으니까요. 라트비아, 슬로바키아, 핀란드, 에스토니아는 러시아 가스에 100퍼센트 의존하고, 독일은 50퍼센트 의존하고 있답니다.

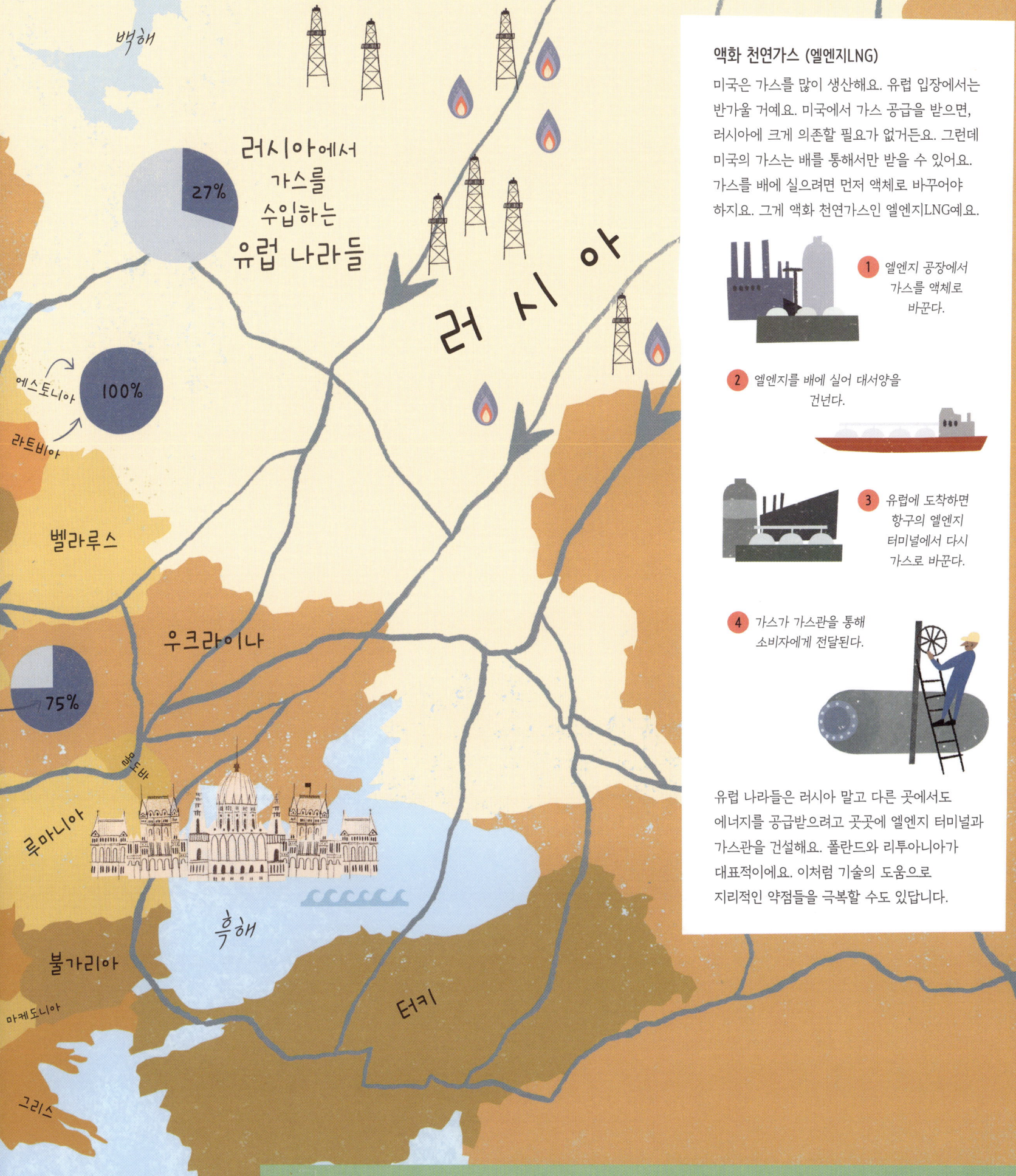

액화 천연가스 (엘엔지LNG)

미국은 가스를 많이 생산해요. 유럽 입장에서는 반가울 거예요. 미국에서 가스 공급을 받으면, 러시아에 크게 의존할 필요가 없거든요. 그런데 미국의 가스는 배를 통해서만 받을 수 있어요. 가스를 배에 실으려면 먼저 액체로 바꾸어야 하지요. 그게 액화 천연가스인 엘엔지LNG예요.

1. 엘엔지 공장에서 가스를 액체로 바꾼다.
2. 엘엔지를 배에 실어 대서양을 건넌다.
3. 유럽에 도착하면 항구의 엘엔지 터미널에서 다시 가스로 바꾼다.
4. 가스가 가스관을 통해 소비자에게 전달된다.

유럽 나라들은 러시아 말고 다른 곳에서도 에너지를 공급받으려고 곳곳에 엘엔지 터미널과 가스관을 건설해요. 폴란드와 리투아니아가 대표적이에요.. 이처럼 기술의 도움으로 지리적인 약점들을 극복할 수도 있답니다.

시간이 흐르면서 러시아는 정부, 국경, 기술 등 많은 것이 바뀌었지만, 변하지 않은 중요한 것들도 있어요. 여전히 폭군 이반 4세 시대에 겪었던 지리적 문제들과 마주하고 있거든요. 지금도 겨울에 항구들이 얼어붙고, 북유럽 평원에 천연 방어벽이 없다는 점 말이에요.

중국

중국의 국경은 천연 방어벽들이 잘 막아 주고 있어요. 북쪽에는 메마른 고비 사막이, 서쪽에는 커다란 히말라야산맥이 버티고 있고, 남서쪽에는 미얀마와의 국경을 따라 빽빽한 밀림이 우거져 있지요. 그러나 최근까지도 중국에는 해안을 지킬 강력한 해군이 없었답니다.

지리 극복법

중국에는 천연 방어벽들이 많지만, 지리적으로 어려움을 겪기도 해요. 그 어려움을 극복하기 위해 일찍부터 중국은 인공 구조물들을 만들어 영토를 방어하고 통합했지요.

만리장성

중국은 침략자들을 막기 위해 이 거대한 장벽을 세웠어요. 수백 년 걸려 지은 이 장벽에서 가장 오래된 부분들은 2500여 년이나 되었다고 해요. 전체 길이가 약 6300킬로미터에 이르는 만리장성은 지구에서 인간이 만든 건축물 중 가장 깁니다.

대운하

세계에서 가장 긴 이 인공 수로는 길이가 무려 약 1800킬로미터나 돼요. 수백 년 동안 각 구간별로 건설되었는데, 605년에 첫 삽을 떴다고 하지요. 이 운하로 중국은 일찍이 북부와 남부를 통합할 수 있었어요. 양쯔강과 황허강이 연결되어, 남부와 북부 사이에 물건을 운송하게 되었거든요.

수 세기 동안 고대 실크로드는 중국과 세계의 중요한 연결 통로였어요. 오늘날 중국은 이 육상 교역로를 부활시키고, 새로운 바닷길을 개발하려고 해요.

카자흐스탄

몽골

키르기스스탄

타지키스탄

신장 웨이우얼 자치구는 무려 약 160만 제곱킬로미터나 돼요. 영국, 프랑스, 독일, 오스트리아, 스위스, 네덜란드, 벨기에에 더해, 룩셈부르크와 리히텐슈타인까지 들어갈 정도로 크지요!

타클라마칸 사막

파키스탄

신장 웨이우얼 자치구

중국

카라코람 산맥

쿤룬산맥

티베트고원

히말라야 산맥

라싸

네팔

부탄

라싸에서 베이징까지는 기차로 사흘 걸려요. 평균 3379미터 높이의 길을 달려서요. 가장 높은 곳은 5072미터로, 에펠탑보다 15배 이상 높답니다!

히말라야산맥은 중국과 인도의 국경을 가로지르며 훌륭한 방어벽이 되고 있어요.

방글라데시

인도

미얀마

중국의 탄생

오늘날 중국은 세계에서 손꼽히는 강대국이며, 그 힘은 나날이 커지고 있어요. 그토록 커다란 땅덩어리를 통일하고, 천연 방어벽들로 국경을 안전하게 지킬 수 있었던 것이 성공의 비결이지요. 중국은 러시아처럼 공격을 최상의 방어 수단으로 삼아 영토를 확장했어요. 그래서 티베트고원과 히말라야산맥 같은 천연 방어벽을 확보했답니다.

1 화베이평야는 중국의 중심부예요. 4000년쯤 전에 이곳에서 중국 황허 문명이 생겨났거든요. 중국인들이 농사짓는 법과 종이와 화약 만드는 법을 배운 곳이 바로 여기지요.

2 화베이평야는 강이 두 개 흐르는 비옥한 땅이에요. 일 년에 두 번 쌀과 콩을 수확할 수 있는 기후의 축복을 받기도 했지요. 그래서 인구가 급격히 늘어날 수 있었어요. 이곳에서 한족이 살았어요.

3 약 3500년 전에, 상나라 왕조가 화베이평야 지역을 다스렸어요. 이 무렵 한족은 주위 부족들의 위협을 느꼈어요. 계속 이 땅에서 농사짓고 살아가기 위해 근처의 천연 방어벽들 쪽으로 영토를 넓히기 시작했지요. 그래서 화베이평야 주변을 안전하게 만들었답니다.

4 약 1000년 전인 당나라 말 무렵, 북쪽으로는 중앙아시아의 초원 지대, 남쪽으로는 남중국해까지 영토가 늘어나 있었어요. 심지어 티베트를 향해 서쪽으로도 쭉 뻗어 있었지요.

5 한족들은 침략을 수없이 겪었어요. 11세기와 13세기 사이에는 북쪽에서 몽골 기병들이 파도처럼 몰려왔지요. 1279년에 몽골족은 중국 땅 전체를 지배하는 데 성공해요. 이들이 세운 나라가 바로 원나라예요.

6 17세기에는 북쪽에 있는 만주에서 만주족이 쳐들어왔어요. 한족이 보기에는 만주족도 몽골족처럼 북쪽 오랑캐 무리에 지나지 않았어요.

7 19세기에는 유럽의 강한 나라들이 대규모로 중국 침략에 나섰어요. 영국의 공격으로 '아편 전쟁'이 일어났고, 영국과 프랑스가 연합해 또 쳐들어오기도 했지요. 이들 전쟁을 겪고 중국은 중요한 영토들을 빼앗겼어요.

8 20세기에 일본은 영토를 확장하려 했어요. 1931년과 1937년, 두 번 중국에 쳐들어왔지요. 그들은 화베이평야가 있는 중국의 중심부 대부분을 점령했고, 만주와 네이멍구 지역도 차지했어요. 제2차 세계 대전에서 패배하면서 일본은 중국에서 물러났고, 중국인들은 앞으로 다시는 침략당하지 않겠다고 굳게 결심했지요.

9 중국은 18세기에 북서부의 신장, 1951년에 티베트를 정복했어요. 이 커다란 두 지역을 합병하면서 영토를 지키려는 중국의 부담은 한결 줄어들었답니다.

티베트는 왜 그토록 중요할까?

티베트 지역은 중국에게 매우 중요해요.
첫째, 그곳이 중국의 강력한 이웃인 인도 바로 옆에 있기 때문이에요. 히말라야산맥은 중국과 인도의 국경 따라 뻗어 있어요. '자연이 만든 만리장성'인 이 산맥은 인도와 중국을 가르고, 서로 침략하기 어렵게 하지요. 티베트를 장악하지 못하면 중국은 보호받지 못할 거예요.
둘째, 티베트는 중국의 큰 강인 황허강, 양쯔강, 메콩강의 물줄기가 시작되는 발원지이기 때문에 중요하답니다.

중국이 티베트를 장악하지 못하면, 당연히 인도가 덤벼들겠지요. 그렇게 되면 인도는 높이 자리 잡은 티베트고원을 중국의 중심을 향해 진격할 기지로 삼을 거예요. 또한 중국에게 너무도 중요한 세 강의 물 공급을 쥐락펴락할 수 있을 테지요. 인도가 실제로 중국을 침략할 생각이 있는지, 물 공급을 막고 싶어 하는지는 중국에게 중요하지 않아요. 인도가 티베트를 장악하면 그런 힘을 갖게 될 테고, 그럼 중국에게 너무 큰 위협이 된다는 바로 그 점이 중요하지요.

많은 티베트인이 중국에서 독립하고 싶어 하지만, 중국의 안전과 관련된 이 지역의 중요성을 생각해 볼 때 그럴 가능성은 거의 없어요. 티베트 지배를 강화하기 위해 중국은 이 지역을 개발하고 있어요. 티베트로 들어가는 도로와 철도를 건설했는데, 매섭게 추운 산악 지형에서는 감히 상상할 수 없는 도전이었지요. 새로 만든 교통망을 타고 상품과 서비스뿐 아니라, 수백만 명의 한족들까지 흘러 들어가고 있어요. 점점 늘어나는 한족 인구는 독립을 원하는 티베트인들보다 많아질지도 몰라요.

뜨거운 바닷길 분쟁

역사적으로 중국은 한 번도 해양 강국이었던 적이 없었어요. 땅덩어리가 큰 데다가 교역하는 나라들로 가는 바닷길은 짧았으니, 강한 해군이 필요하지 않았지요. 그런데 지금 중국은 세계에서 가장 큰 공장이 되었고, 전 세계에 상품을 팔고 있어요. 따라서 그 상품을 시장에 운송하고, 상품을 만들 때 필요한 원유, 가스, 귀금속 들을 중국에 들여오려면, 세계 곳곳의 해상 항로들을 이용해야만 해요.

지도: 중국, 광저우, 홍콩, 타이완, 미얀마, 라오스, 타이, 캄보디아, 베트남, 타이완(말레이반도), 말레이시아, 싱가포르, 인도네시아, 브루나이, 필리핀, 마닐라, 남중국해, 태평양

파라셀 제도 (중국명 시사 군도, 베트남명 호앙사 군도)
스카버러 암초 (중국명 황옌다오, 필리핀명 파나타그 암초)
스프래틀리 군도 (중국명 난사 군도, 베트남명 쯔엉사 군도, 필리핀명 칼라얀 군도)

기호
--- 중국이 주장하는 영해
● 분쟁 중인 섬들

먼바다로 나가려는 배들은 남중국해를 거치면서 수많은 섬을 둘러 가야 해요. 평화로운 시기에는 이 항로들이 열려 있지만, 전쟁 중에는 막힐 가능성이 매우 커요. 그래서 항로가 막히는 끔찍한 사태가 절대 일어나지 않도록 준비하지요. 중국은 남중국해와 그곳의 섬들과 암초들 대부분이 자기네 것이라고 주장하고 있어요. 섬들 주위의 천연자원들은 말할 것도 없고요.

중국의 이웃인 베트남, 필리핀 등의 생각은 달라요. 그래서 이 지역에는 복잡한 영토 분쟁이 많지요. 중국은 자기들의 주장을 입증하기 위해 많은 섬들과 암초에 인공 구조물을 짓기 시작했어요. 스프래틀리 군도에 있는 파이어리 크로스 암초(중국명 융수자오)는 한때는 산호초와 돌덩어리들뿐이었지만, 지금은 항구와 전투기 활주로까지 갖춘 인공 섬이지요.

강한 해군을 만들어라!

해양 강국이 되고 싶다면 무엇보다도 배들이 있어야 하지요. 중국은 배를 만드는 대규모 계획을 착착 실행에 옮기고 있어요. 중국 해군이 세계 최강의 미국 해군과 겨룰 만큼 강해지려면 시간이 걸릴 거예요. 그렇지만 중국의 배는 전보다 더 많아졌고, 계속 늘어나고 있어요.

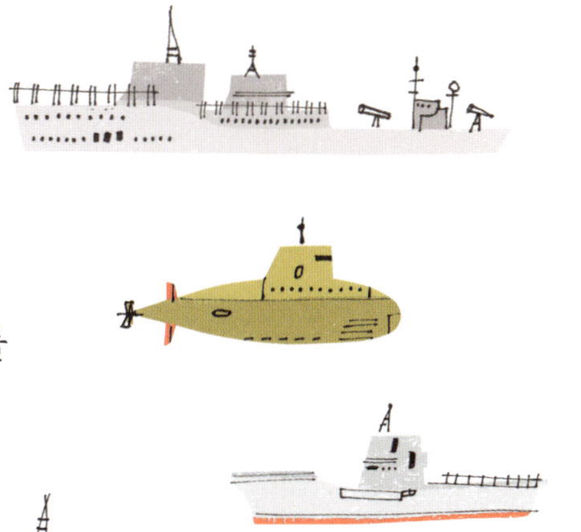

중국은 지난 4000여 년 동안 영토를 넓히기 바빴어요. 강대국이 된 지금은 전 세계에서 자기 나라의 이익을 지키려고 힘쓰지요. 바다를 장악하는 것은 교역과 영토 다툼에서 유리한 위치에 서는 데 중요해요. 따라서 중국은 해군을 계속 늘릴 테고, 그러면 중국의 힘 또한 계속 커질 거예요.

미국은 왜 대단할까요? 위치, 위치, 무엇보다도 위치 덕분이죠. 만약 복권에 당첨되어 나라를 통째로 사려고 한다면, 부동산 중개인이 가장 먼저 추천할 나라는 미국일 거예요. 왜냐하면 교통망이 뛰어나며, 풍경이 멋지고, 아름다운 호수들도 있거든요. 미국은 지리적 이점을 톡톡히 누리고 있어요. 이곳은 인구 많고 땅 넓기로 세계에서 으뜸이고, 천연자원마저 풍부하지요.

침략이 불가능한 나라

미국을 침략하고 정복하기는 거의 불가능해요. 땅덩어리가 너무도 크거든요. 미국이 강대국이 된 이유 중 하나는 영토가 동쪽으로는 대서양 연안, 서쪽으로는 태평양 연안까지 이르러 대양으로 둘러싸여 있는 거죠. 게다가 북쪽은 얼음 덮인 캐나다 순상지로, 남쪽은 여러 사막들로 보호받고 있어요.

암석 지대인 캐나다 순상지는 무려 약 800만 제곱킬로미터에 걸쳐 펼쳐져 있어요. 무려 오스트레일리아보다 더 크지요! 이 순상지의 대부분에는 농사도, 건물도 짓기 어려워서 인구가 매우 적어요.

오대호는 이 지역의 큰 호수 다섯 개를 일컬어요. 슈피리어호는 오대호 중에서 가장 커요. 다른 호수 네 곳의 물을 다 담을 수 있을 정도지요!

애팔래치아산맥을 머리 위에 둔 비옥한 동부 연안 평야에는 짧지만 배가 다닐 수 있는 강들이 많아요. 이 강들은 동부 연안 항구들과 이어지기 때문에 교역이 가능하지요.

쿠바 : 너무 가까워서 불안해!

쿠바는 위치 때문에 미국 대통령들의 잠을 늘 설치게 만들었어요. 플로리다 바로 밑에 있어서, 뉴올리언스 항구로 오가는 항로들인 플로리다 해협과 유카탄 해협을 장악할 수 있는 위치니까요.
19세기 말까지 쿠바는 스페인의 통치를 받았어요. 1898년에라야 스페인은 미국과의 전쟁에서 패배하고 물러갔지요. 1959년에 쿠바는 소련과 동맹을 맺었어요. 1962년에 소련이 쿠바에 핵미사일을 설치하자, 미국과 소련 사이에 '쿠바 미사일 위기'가 벌어졌어요. 그 핵미사일은 미국에도 도달할 수 있었거든요. 2주일 뒤, 협정이 맺어져 소련이 미사일을 철수시키자 긴장 상태는 끝났어요. 이 사건은 세계에 핵전쟁이 일어날 뻔한 사건으로 일컬어진답니다.

커다란 땅을 어떻게 통합했을까?

미국은 세계에서 가장 강한 나라예요. 한쪽 연안에서 반대쪽 연안까지 통합되어 있다는 게 강력한 힘을 갖게 된 큰 이유이지요. 이 '통합'은 놀라울 정도로 빨리 이루어졌어요. 약 4500킬로미터에 펼쳐져 있는 이 커다란 땅을 대체 어떻게 통합할 수 있었을까요?

1 유럽인들은 1600년대 초에 북아메리카에 들어오기 시작했어요. 첫 식민지는 1607년, 버지니아의 제임스타운에 세웠어요. 뒤이어 13개의 식민지를 세웠지요. 이곳들은 모두 영국인들이 통치했어요. 그들은 애팔래치아산맥 너머 서쪽으로 가지는 않았지요.

2 유럽에서 온 이주민들이 북아메리카의 첫 주민은 아니에요. 그곳에는 수천 년 동안 아메리카 원주민들이 살고 있었거든요. 이주민들과의 전쟁으로, 또 그들이 가져온 질병으로 많은 원주민이 죽어 나갔어요. 이주민들은 서쪽으로 퍼져 나가며, 원주민들에게서 어마어마하게 넓은 땅을 빼앗았어요.

3 1775년부터 1783년 사이에 이주민들은 영국에 맞서 '미국 독립 전쟁'을 치르고, 1776년 7월 4일, 독립 선언문을 발표했어요. 영국군의 수가 훨씬 더 많았지만, 승리는 이주민인 미국인들 편이었어요. 주변 지형에 대해 속속들이 알고 있어서 전술에 잘 활용할 수 있었거든요. 그리고 영국은 유럽에서도 전쟁 중이어서 이곳으로 군대를 많이 동원할 수 없었어요.

4 이제 미국은 미시시피까지 영토를 넓혔어요. 그때 미시시피강 서쪽 지역은 프랑스가 지배하고 있었지요. 멕시코만을 통한 교역로와 오늘날 미국의 중심부인 서부 지역을 프랑스가 장악했다는 뜻이에요.

5 1803년, 미국은 프랑스에게서 루이지애나를 사들였어요. 프랑스는 유럽에서의 전쟁으로 큰돈이 필요했거든요. 1500만 달러(오늘날 가치로 3500억 원)로 미국의 영토는 배로 늘어났고, 비옥한 데다 사탕수수, 목화, 담배 농사에 알맞은 땅이 생긴 거예요.

6 토머스 제퍼슨 대통령의 루이지애나 매입 협정서 서명으로, 미국은 미시시피강 유역의 훌륭한 물길 교통망을 차지했어요. 새로운 영토에는 농장이 늘어나면서, 그곳에서 강제 노동을 하는 노예들이 엄청나게 많아졌지요.

7 스페인도 북아메리카에 땅을 가지고 있었지만, 유럽에서 전쟁을 여러 번 겪으며 결국 땅 일부분을 포기하게 돼요. 1819년, 미국은 스페인과 조약을 맺어 플로리다와 서부 지역인 오리건 컨트리를 넘겨받았어요. 미국은 드디어 태평양에 닿게 되었지요.

8 스페인은 여전히 남서부에 엄청난 넓이의 땅을 가지고 있었어요. 그런데 멕시코가 1821년에 스페인에서 독립하면서 지금의 캘리포니아에서 텍사스에 이르는 땅을 지배하게 되었어요. 미국에게는 중요한 항구인 뉴올리언스와 겨우 300여 킬로미터 떨어진 곳에 국경을 맞댄 강력한 이웃이 생긴 거예요.

9 미국은 자기 나라 사람들이 텍사스에 정착하도록 여러 정책을 썼어요. 그곳이 멕시코 땅이었는데도 말이죠. 마침내 미국 사람들이 멕시코인들보다 많아졌고, 1835년부터 다음 해까지 벌어진 '텍사스 혁명' 이후 멕시코인들은 쫓겨났어요. 텍사스는 1845년에 미국에 편입되었지요. 미국은 1846년부터 1848년까지 벌어진 멕시코와의 전쟁에서 이기면서, 지금의 캘리포니아와 뉴멕시코, 애리조나, 네바다, 유타, 콜로라도도 차지했어요.

10 이제 미국은 대서양 연안부터 태평양 연안에 이르는 거대한 대륙을 영토로 갖게 되었어요. 그러나 미국은 아직 완전히 통합된 게 아니었어요. 1861년, 북부와 남부 사이에 '남북 전쟁'이 벌어졌지요. 북부가 노예제를 금지하려던 게 주요 원인이었어요. 1865년, 남부가 항복하면서 비로소 전쟁은 끝났어요.

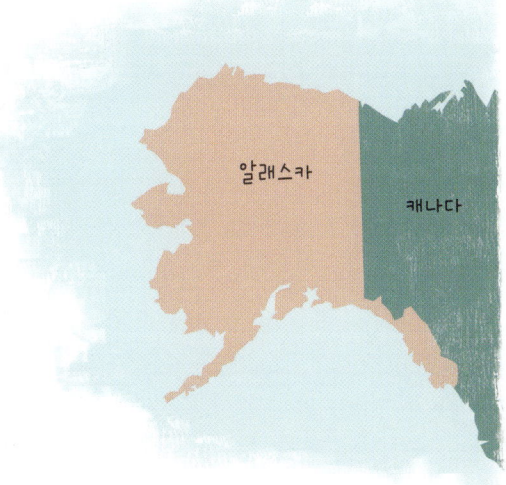

11 1867년에 국무장관 윌리엄 수어드의 결정으로 미국은 러시아에게서 알래스카를 720만 달러(오늘날 가치로 약 145억 원)에 구입했어요. 그는 겨우 눈이나 샀다고 비난받았고, 이 구입은 '수어드의 냉장고'로 불렸어요. 그러나 이곳에서 대규모 금광들과 유전이 차례로 발견되자, 알래스카 구입은 결과적으로 전혀 실패가 아니었지요.

12 1898년, 미국은 스페인과의 전쟁에서 이기면서, 스페인의 식민지였던 쿠바, 푸에르토리코, 괌, 필리핀 등을 넘겨받게 되었어요. 또 같은 해에 하와이를 합병하면서 서부 해안을 더 강력히 방어할 수 있게 되었지요. 이제 미국의 국경은 매우 안전해졌답니다.

최고의 물길 교통망

미시피시강 유역을 손에 넣은 것은 미국이 강대국으로 발돋움하는 중요한 계기였어요. 이 거대한 강의 유역에는 커다란 배가 다닐 수 있는 내륙 물길이 많아요. 게다가 다른 나라의 물길보다 훨씬 더 길지요. 어떤 나라에서는 강들이 매우 높은 곳에서 시작되어 여러 폭포들을 거치면서 바다로 들어가요. 이러면 물길을 따라 무역하기 어렵지요. 그러나 미시시피강 주변의 강들은 바다로 가는 내내 너른 지역을 완만하게 흘러요. 게다가 미국 북부와 남부를 이어 주기 때문에 전국이 하나로 묶일 수 있었답니다.

미국 역사를 통틀어, 미시시피강의 물길 교통망은 무역에 매우 중요했어요. 물길을 따라 상품을 운송하는 게 땅 길로 운송하는 것보다 훨씬 싸거든요. 강의 상류와 하류를 오가는 무역이 늘어나면서 뉴올리언스항은 더욱 커지고 더욱 중요해졌지요.

미시시피강 유역

주변의 모든 강들은 미시시피강으로 흘러 들어와요. 미시시피강은 미니애폴리스 근처에서 시작해 약 3700킬로미터를 흘러 멕시코만에 접한 뉴올리언스까지 흐르지요.

미시시피강의 역사는 미국 노예 제도와 밀접한 관련이 있어요. 17세기와 19세기 사이에, 아프리카에서 노예 수백만 명이 미국으로 팔려 왔어요. 노예들은 남동부 여러 주의 목화와 사탕수수 농장에서 강제 노동을 하며 끔찍한 고통을 겪었지요. 여기서 생산된 농산물들은 증기선에 실려 미시시피강을 따라 운송되었어요.

세계 최강국 굳히기

그린란드
툴레

영국
RAF 레이큰헤스
RAF 밀든홀

아조레스 제도
(포르투갈)
라제스

미국은 국경을 안전하게 다진 뒤, 바다로 눈을 돌려 해군을 키우기 시작했어요. 1907년에는 함선 16척으로 세계를 돌며 힘을 자랑했지요. 오늘날 세계 최강국인 미국의 영토를 파악하는 데는 두 가지 방법이 있어요. 하나는 보통 미국 지도를 보는 것이고, 두 번째는 전 세계에 흩어져 있는 미국의 군사 기지와 항구와 활주로 들이 표시된 지도를 보는 거예요. 이 두 번째 지도를 보면 미국이 얼마나 강한지 알 수 있어요. 세계 각지의 기지들 덕분에 미국은 멀리 떨어진 동맹국들과 충돌이 일어나는 지역에 금방 개입할 수 있지요.

미국은 어떻게 가장 힘센 나라가 되었을까요?

1 해군 기지를 얻어서!

미국은 제2차 세계 대전을 거치면서부터 힘을 키우기 시작했어요. 1940년에 영국은 전함이 너무도 부족했어요. 대신 오랫동안 전 세계에 건설한 해군 기지들이 있었지요. 전함이 50척이나 여유 있던 미국은 영국의 해군 기지 일부와 그것들을 맞바꾸었답니다.

2 태평양을 차지해서!

제2차 세계 대전이 끝나자, 강대국 자리에 남은 나라는 미국뿐이었어요. 유럽은 도시들이 폭격으로 주저앉았으며 경제도 엉망이었지요. 일본도 완전히 파괴되었어요. 중국 또한 무너진 상황에서 내전까지 치르고 있었고요. 이제 가장 강력한 나라가 된 미국은 세계의 바닷길들을 지배하고 싶어 했어요. 평화를 유지하고 상품을 해외에 팔기 위해서였죠. 미국인들은 태평양 전역에 군사 기지들을 건설하기 시작했어요. 동중국해에 있는 일본의 오키나와섬도 그 대상이었지요.

3 나토를 장악해서!

1949년, 나토(NATO, 북대서양 조약 기구)가 결성되었어요. 북아메리카와 유럽 여러 나라들의 동맹인 나토의 최고 사령관은 항상 미국인이 맡아요. 왜냐하면 미국이 내는 비용이 가장 많거든요. 아일랜드, 노르웨이, 영국, 이탈리아 같은 유럽 여러 나라들은 미국에게 자기네 군사 기지 사용권을 주었어요. 그렇게 미국은 북대서양과 지중해까지 장악할 수 있게 되었답니다.

미국의 지배를 위협하는 나라는 거의 없어요. 지금 세계에서 가장 빠르게 성장하는 나라는 중국인데, 미국은 중국을 주의 깊게 지켜보면서 동아시아에 많은 시간과 비용을 들이지요. 계속 세계의 지배권을 지키기 위해서죠. 어쨌든 지금은 지리의 축복을 가장 많이 받은 미국이 세계 초강대국의 자리를 지키고 있답니다.

캐나다

캐나다 지리의 중요한 특징으로 꼽히는 곳은 캐나다 순상지예요. 드넓은 암석 지역으로, 이 나라 면적의 많은 부분을 차지하지요. 이곳의 겨울은 엄청나게 추워서 대체로 농사를 짓거나 가축을 키우기 힘들어요. 캐나다는 크기에 비해 인구가 적어요. 대부분의 지역에서 사람이 살 수 없거든요.

북극해

북서 항로는 북극해의 항로로, 대서양과 태평양을 이어 주지요. 캐나다는 이 항로가 자기 나라 바다를 통과한다고 주장해 왔어요. 최근 북극 얼음이 녹으면서 그동안 꽁꽁 얼어 있던 바닷길이 새로 열리기 시작했어요. 이제 다른 나라들에서 북서 항로를 이용하려고 들 거예요.

보퍼트해

알래스카 (미국)

유콘

매켄지강

그레이트베어호

누나부트

유콘강

노스웨스트

캐나다의 겨울은 추운 편이에요. 북아메리카의 최저 기온은 1947년, 캐나다의 북서쪽 지역인 유콘에서 기록된 영하 63도예요. 이런 기온에서는 숨을 내쉬면 곧장 얼어붙어 얼음으로 땅에 떨어지지요.

그레이트슬레이브호

캐나다의 단풍나무는 종류가 10가지나 되고, 단풍잎은 캐나다의 아름다운 자연을 상징해요. 국기에도 단풍잎이 그려져 있답니다.

브리티시 컬럼비아

앨버타

캐 나 다

로키산맥

에드먼턴

태평양

밴쿠버

캘거리

넬슨강

서스캐처원

위니펙호

캐나다 순상지

캐나다 순상지는 주로 화산암으로 이루어진 커다란 지역이에요. 캐나다 면적의 반 이상을 차지하면서, 미국과 국경을 이루는 오대호에서부터 북쪽으로는 북극해까지 뻗어 있지요.

캐나다 순상지

매니토바

캐나다는 면적이 넓고 지형이 험해서 다른 나라의 침략이 쉽지 않지요. 동쪽은 대서양, 서쪽은 태평양, 북쪽은 북극해, 남쪽은 동맹국인 미국의 방어 덕분에 안전을 누리고 있어요.

미국은 캐나다의 가장 큰 교역 상대국이에요. 이 두 나라는 모든 의견이 같지 않지만, 경제적, 군사적 이해관계가 매우 비슷하기 때문에 끈끈한 동맹을 맺고 있어요.

미국

유럽

전 세계에서 매우 잘살고 발전한 나라들은 대부분 유럽에 있어요. 이 대륙은 지리의 축복을 누리고 있어요. 특히 서쪽과 북쪽은 천연자원이 풍부하고 기후가 농업에 알맞아요. 사막이 없으며, 멀리 북쪽에 아주 추운 지역들이 몇 군데 있을 뿐이지요. 대부분의 지역에서 지진, 화산, 엄청난 홍수 같은 자연재해가 드물어요.

아주 중요한 해상 항로

그린란드, 아이슬란드, 영국을 잇는 해상 구역(GIUK 갭)은 무척 중요해요. 비교적 좁은 바닷길이라, 누가 오가는지 쉽게 알 수 있거든요. 또한 위기 상황에서 길을 막아 버릴 수도 있고요. 북쪽 유럽 해군들, 예를 들어 러시아 해군이 대서양으로 가려면 이 길을 통과해야 해요. 다른 길은 영국 해협뿐인데, 이곳은 가장 좁은 폭이 겨우 33킬로미터로 더 좁지요. 따라서 영국이 'GIUK 갭'을 장악하고 있는 것은 대단한 이점이랍니다.

아이슬란드

GIUK 갭

노르웨이해

노르웨이

스웨덴

섬나라인 영국은 지리의 은혜를 입었어요. 유럽 대륙과 교역하기 좋을 만큼 가깝지요. 그러면서도 유럽 대륙을 휩쓴 전쟁에 휘말리지 않을 만큼은 멀리 떨어져 있어요. 영국 해협이 영국과 유럽 대륙 사이 보호막이 되어 주었답니다.

멕시코 만류

아일랜드

영국

템스강 런던

덴마크

북해

네덜란드 엘베강

베를린

산업 혁명(40쪽 참조) 초기, 영국에는 큰 공장들이 처음으로 세워졌어요.

영국 해협

벨기에

라인강

룩셈부르크

독일

체코

대서양

센강

파리

프랑스

스위스

오스트리아

멕시코 만류는 열대 지방에서 시작되어 북유럽까지 따뜻한 물과 온화한 날씨를 가져다주는 해류예요.

프랑스는 서유럽에서 비옥한 땅이 가장 많아요.

론강

피레네산맥

슬로베니아

알프스산맥

포강

에스파냐 (스페인)

이탈리아

시스테마 센트랄산맥

마드리드

로마

유럽은 해안선이 길고 천연 항구들이 많아요. 교역을 위해 큰 항구들을 짓기 알맞지요.

알프스산맥은 유럽에서 가장 높고 긴 산맥이에요. 유럽 8개국을 통과하며 약 1200킬로미터 뻗어 있어요.

세계에서 가장 오래된 대학들 대부분이 유럽에 있어요. 가장 오래된 이탈리아의 볼로냐 대학은 무려 11세기에 세워졌답니다.

지리의 축복

북서 유럽 나라들이 잘살게 된 건 어느 정도는 지리 덕분이에요.
지리의 축복을 받은 요소들은 여러 가지예요.

기후

서유럽은 온화한 기후를 가져다주는 멕시코 만류라는 고마운 선물을 받았어요. 이 해류가 멕시코만의 따스한 물을 대서양을 거쳐 서유럽으로 날라다 주거든요. 서유럽의 기후는 농작물이 풍성하게 자랄 수 있는 햇빛과 강수량을 알맞게 제공해요. 또한 온화한 여름과 겨울 덕분에 사람들은 일 년 내내 일할 수 있지요. 겨울은 러시아만큼 가혹하지 않지만, 전염성 세균들이 살지 못할 만큼은 춥답니다.

연안의 평야

북서 유럽에는 넓은 연안 평야들이 있어요. 농작물을 기르기 알맞은, 평평하고 비옥한 땅들이지요. 덕분에 이 지역에는 늘 식량이 충분했어요. 모든 사람을 먹이고, 또 점점 늘어나는 인구에도 끄떡없을 정도였지요.

강

유럽의 강들은 길고 완만하게 흘러서 배들이 다니기 쉬워요. 그리고 많은 강이 바다로 이어지지요. 도로보다 물길로 상품을 운송하는 게 훨씬 쉽답니다. 그래서 유럽의 강들을 통해 교역이 발달할 수 있었죠.

산

유럽의 산맥들은 나라들 사이의 천연 방어벽이 되어 주었어요. 그래서 전쟁이 섣불리 일어날 수 없었지요. 예를 들어 스페인의 초기 부족들은 피레네산맥 때문에 프랑스로 침입하지 못했답니다.

천연자원

유럽 나라들은 목재, 석탄, 금속 같은 천연자원들이 아주 다양하고 풍부해요. 이 자원들은 해군과 육군을 키우는 데 쓰였지요. 18세기와 19세기에 천연자원은 매우 중요했어요. 산업 혁명 때 공장들과 자동차들의 연료가 되었거든요.

산업 혁명

18세기 말에 북서 유럽에서는 산업 혁명이 시작되었어요. 이 시기에 새로운 과학 기술의 발전으로 사람들의 생활은 급격히 바뀌었어요. 노동자들은 농사짓고 살아가는 생활 방식에서 벗어나 공장에서 일하기 위해 도시로, 도시로 몰려들었지요. 산업 혁명으로 유럽은 부를 쌓고, 현대 사회를 발전시켜 갔어요. 이 혁명은 지리의 도움으로 시작될 수 있었답니다.

1
많은 사람이 농장에서 일했어요. 기계의 도움 없이 노동만으로 농작물을 키우려면 무척 힘들었지요. 또한 모두를 먹일 만큼 충분히 생산하려면 많은 일꾼이 필요했답니다.

2
기후 덕분에 농작물의 수확은 매우 좋았어요. 따라서 여유 식량이 생겨 교역할 수 있게 되었지요. 작은 교역 중심지들은 점차 큰 마을과 도시로 발전했어요. 유럽의 강들이 이곳들을 이어 주었지요.

3
식량이 넉넉해지자 농사 말고 다른 일들을 할 시간이 있는 사람들도 생겨났어요. 이들은 새로운 아이디어를 개발하고 기술을 연구하는 쪽으로 관심을 돌렸어요.

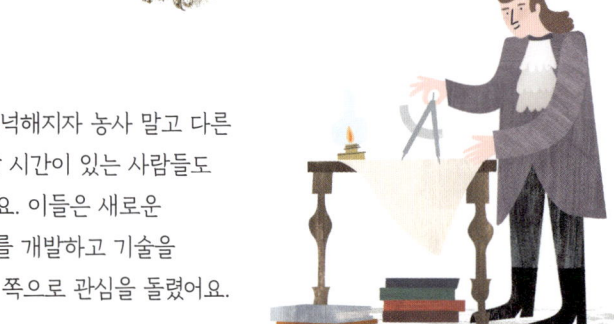

4
새로운 농기계들이 발명되었어요. 따라서 농사짓는 데 필요한 사람들의 수가 줄어들었지요.

5
농사 말고 다른 일을 도와주는 기계들도 많이 발명되었어요. 손으로 하는 것보다 실을 더 빨리 잘 뽑아낼 수 있는 기계인 '방적기'가 대표적이에요.

6
사람들은 큰 마을과 도시로 가서 새로운 기계들을 만드는 공장에서 일했어요. 많은 공장은 북서 유럽에 풍부한 석탄의 힘으로 돌아갔어요.

7
공장에서 만든 물건들이 널리 팔리면서, 북서 유럽의 나라들은 부유해졌어요. 그러면서 공장들과 기계들이 더 늘어났고, 마을과 도시 들은 계속 커 나갔어요.

북서 유럽 vs. 남동 유럽

유럽의 모든 나라가 똑같이 발전한 것은 아니었어요. 북서 유럽은 오랫동안 남부와 동부보다 더 풍요로웠어요. 북서쪽 나라들은 지리의 은혜로 다른 나라들보다 산업화와 근대화가 빨랐지요. 그러나 남유럽과 동유럽 일부 지역은 지리적으로 그다지 운이 따르지 않았어요.

가뭄

남유럽 일부 지역의 땅과 기후는 농사에 맞지 않아요. 예를 들어 스페인은 연안 평야들이 북서 유럽보다 좁고, 흙은 메말라 있어요. 종종 물도 부족하고요.

홍수

일부 지역, 특히 다뉴브강 유역을 둘러싼 동유럽에서는 홍수가 잦아요. 커다란 농경지가 물에 잠겨 피해를 보지요.

천연 방어벽들

산과 울퉁불퉁한 땅은 교역을 방해해요. 예를 들어 스페인은 피레네산맥 때문에 다른 유럽 지역과 교역하기 어려웠어요. 그래서 스페인 상인들은 서유럽보다 더 작은 시장인 포르투갈과 북아프리카를 상대해야 했지요.

까다로운 해상 운송

땅이 울퉁불퉁하다는 건, 강들의 길이가 짧고 해상 운송이 어렵다는 뜻이에요. 그리스는 연안과 내륙 모두 가파른 절벽들이 많아요. 폭포들이 많아 물길로 물건들을 실어 나르기가 어렵지요. 뜨거운 여름이면 작은 강들은 말라 버리기도 한답니다.

전쟁과 평화

유럽은 지리적 이점들이 많지만, 옛날부터 충돌과 전쟁이 끊이지 않았어요. 땅과 힘과 자원을 서로 차지하려다 보니, 이웃 나라들끼리 전쟁을 자주 벌였지요. 프랑스와 영국은 1337년부터 1453년까지 무려 100여 년 동안 전쟁을 했어요. 이 전쟁을 '백년 전쟁'이라고 부르지요.

적대적인 이웃들

수백 년 동안 프랑스가 유럽 대륙에서 가장 강한 나라였지만, 크고 작은 나라로 쪼개져 있던 독일이 1871년에 하나로 통일되면서 사정이 바뀌었어요. 두 강대국은 서로 국경을 맞대고 있으면서 서로를 완전히 믿지 않았지요. 게다가 독일은 동쪽의 거대한 나라인 러시아와 갈등을 겪었어요. 독일은 양쪽에서 공격을 받을까 봐 두려워했지요.

오랫동안 유럽의 나라들은 수많은 동맹을 맺었어요. 침략을 당할 때 서로를 지원하기로 합의한 거죠. 그래서 20세기 초에 실제로 충돌이 일어나자, 동맹을 맺은 모든 나라가 뛰어들어 제1차 세계 대전으로 번져 나가고 말았어요.

제1차 세계 대전 (1914~1918년)

충돌은 유럽에서 시작되었지만, 세계 다른 지역까지 번졌어요. 이 전쟁은 이전의 전쟁들과는 달랐어요. 강력한 신무기들 때문에 매우 끔찍한 결과를 빚었거든요. 수백만 명이 죽었고, 전쟁에 참여한 나라들은 전쟁 비용과 피해 때문에 엉망이 되었어요. 나중에 이 전쟁은 '모든 전쟁을 끝내기 위한 전쟁'으로 불리기도 했지요.

제2차 세계 대전 (1939~1945년)

제1차 세계 대전이 끝난 후, 평화는 오래 이어지지 않았어요. 제2차 세계 대전이 일어난 거예요. 독일의 독재자인 아돌프 히틀러는 독일의 제1차 세계 대전 패배를 복수하고, 새로운 제국을 세우려고 했어요. 독일이 폴란드를 침략하면서 전쟁은 유럽 전역으로 번졌고, 결국 세계 전체가 뛰어들었지요. 이때도 수백만 명 넘게 죽었어요. 두 차례 세계 대전의 비극을 겪은 뒤, 유럽은 완전히 무너져 가난에 신음했어요. 사람들은 두 번 다시 전쟁을 겪고 싶지 않았지요. 그래서 많은 나라가 통합하기로 했고, 그 결과 '유럽 연합'이 탄생했답니다.

공격받기 쉬운 나라들

유럽의 모든 나라는 늘 전쟁에 시달렸어요. 그런데 유난히 침략당하기 쉬운 나라들이 있었지요. 폴란드가 그 예예요. 폴란드는 러시아와 서유럽 사이 평평한 북유럽 평원의 중요한 길목에 있어요. 게다가 방어벽이 될 만한 산맥이 없고요. 이러한 지리적 위치 때문에, 역사를 통틀어 여러 나라 군대가 폴란드를 거쳐 동쪽과 서쪽을 휩쓸었어요. 오랫동안 폴란드는 지도에서 모습을 바꾸며 나타났다 사라졌다 하다가, 제2차 세계 대전 이후에 지금의 모습이 되었답니다.

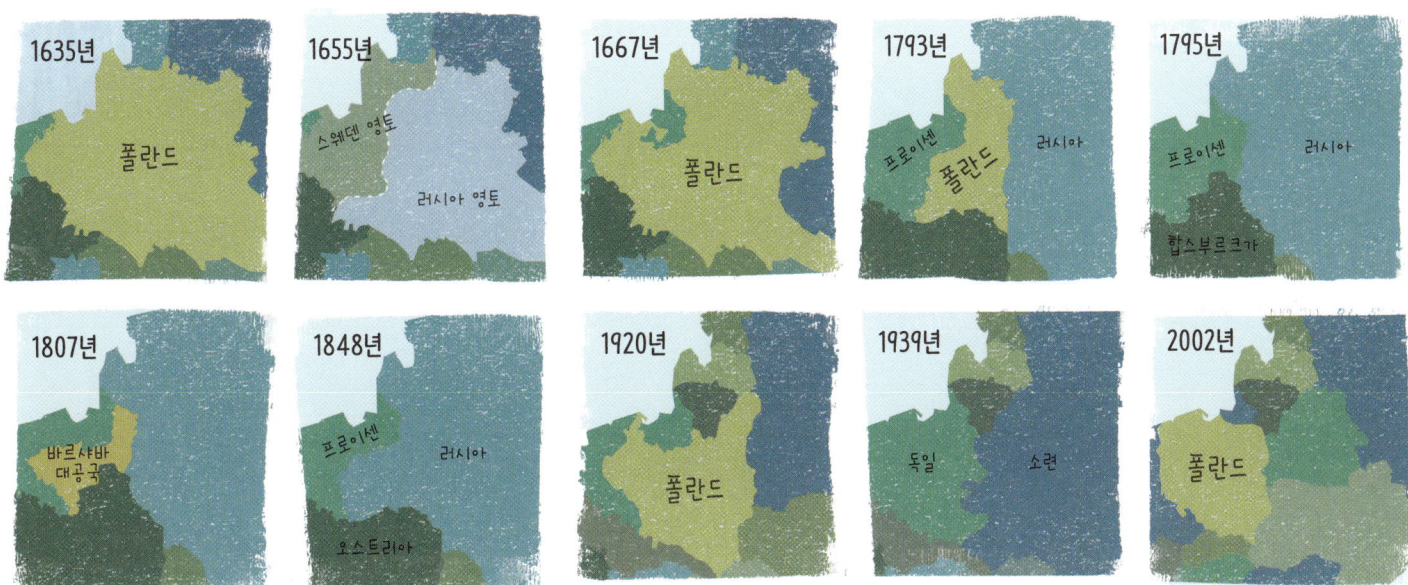

유럽의 통합

지금은 유럽 대부분의 지역이 유럽 연합(EU)의 깃발 아래 통합되어 있어요. 유럽 연합은 각 나라들을 서로서로 믿고 협력하게 하려는 실험이었어요. 이 실험은 많은 면에서 매우 성공적이었지요. 수백 년 동안 이어 온 전쟁을 끝내고, 지금까지 70년 넘게 평화를 유지하고 있으니까요. 유럽 연합은 세계에서 두 번째로 큰 경제 공동체예요. 작은 유럽 나라들이 함께 힘을 합치자 중국과 미국 같은 훨씬 더 큰 나라들과 경쟁하고 교역할 수 있게 된 거지요.

그런데 유럽 연합 안에서 균열이 일어나고 있어요. 부의 불평등 같은 해묵은 문제들이 주된 이유예요. 예를 들면, 2008년 경제 위기 때 가난한 나라들은 크게 휘청거렸고, 잘사는 나라들은 이들을 도와주어야 했어요. 양쪽 다 그 상황이 반갑지 않았지요. 어떤 나라는 늘 다른 나라를 믿지 못하고 자기 이익만 생각해요. 2016년, 영국은 국민 투표를 거쳐 유럽 연합을 탈퇴하기로 결정했어요. 다른 나라에도 탈퇴를 원하는 사람들이 있고요. 그러다 보니 유럽 연합의 미래는 아무도 알 수 없답니다.

유럽은 지리 덕분에 한발 앞서 나갔고, 지리의 이점으로 매우 부유해진 나라들도 있어요. 그렇지만 수많은 충돌과 전쟁을 겪었지요. 지리적 장점들과 단점들 때문에 각 나라들은 저마다 다른 속도로 발전했고, 어떤 나라들은 다른 나라들보다 더 잘살고 있어요. 이제 유럽 연합의 도움으로 오랫동안 평화를 유지하고 있긴 하지만, 여전히 갈등을 겪는 나라들도 있답니다.

아프리카

아프리카는 지리의 축복과 저주를 모두 받은 곳이에요. 이 대륙은 대부분 지역의 기후와 지형이 농사나 운송 같은 일에 맞지 않아요. 천연자원들은 풍부하지만 외국에 약탈당하곤 했고요.

아프리카 연안은 대체로 완만하고 매끈하기 때문에 수심이 깊은 천연 항구가 별로 없어요. 따라서 큰 배들이 정박하기 어려워 교역이 힘들었지요. 지금은 현대 기술의 도움으로 이런 문제를 극복하고 항구들을 지었어요.

아프리카의 많은 나라는 내륙에 갇혀 있어요. 따라서 국제 교역을 하기에 힘들고 비용이 많이 들지요. 식량 자원이 많지도 않아요. 아프리카 해안의 나라들은 대부분 내륙 국가들보다 더 잘살아요.

남아프리카 공화국은 아프리카의 다른 나라들보다 더 발전했어요. 금은 같은 천연자원들이 풍부하고, 땅과 기후가 다른 나라들보다 농사짓기에 훨씬 더 좋거든요. 그리고 모기가 적어서, 아프리카 다른 지역보다 말라리아 같은 전염병의 위험이 훨씬 적지요.

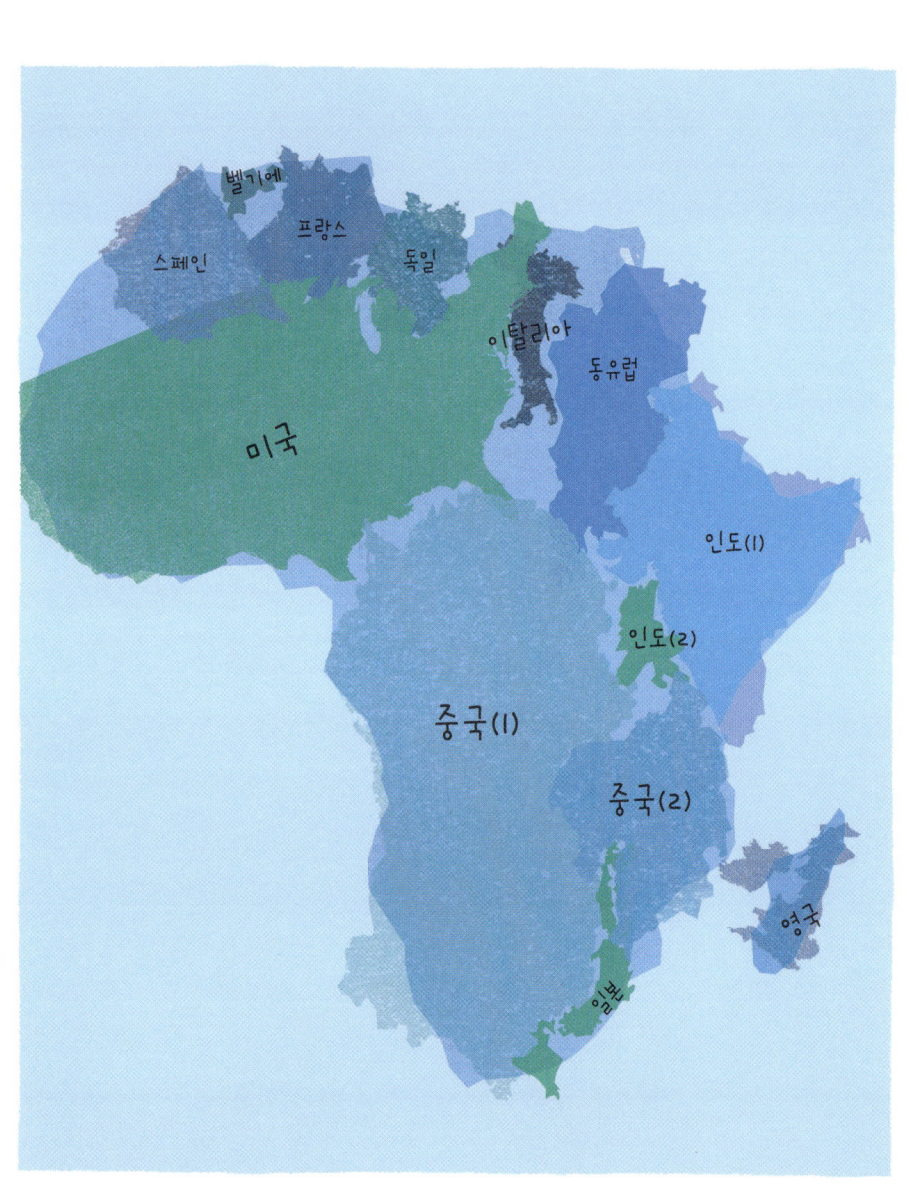

아프리카의 진짜 크기

아프리카는 많은 사람이 생각하는 것보다 훨씬 더 커요. 우리가 흔히 보는 평평한 세계 지도로 보면 아프리카는 미국과 크기가 거의 비슷하지만, 사실은 세 배나 더 크지요. 아프리카에 미국, 인도, 중국, 스페인, 프랑스, 독일, 벨기에, 이탈리아, 일본, 영국을 다 넣어도 동유럽 대부분을 위한 공간이 남을 정도랍니다.

아프리카 지도

지중해

아틀라스 산맥

튀니지

알제리

리비아

이집트 — 카이로

수에즈 운하

거의 미국과 맞먹는 크기인 사하라 사막은 세계에서 가장 큰 사막이에요. 가혹한 환경이지만, 역사상 사람들은 매우 잘 조직된 상인 집단인 낙타 카라반들을 이용해서 이 지역을 여행하고 무역도 했어요.

날마다 세계 무역량의 8퍼센트가 수에즈 운하를 통과해요. 이 운하가 개통된 1869년 이전, 유럽에서 아시아로 가는 배들은 남아프리카까지 7000킬로미터를 더 항해해야 했어요.

아시아

사하라 사막

말리

니제르

차드

나일강

수단

에리트레아

부르키나파소

나이지리아 — 라고스

카메룬

중앙아프리카 공화국

남수단

에티오피아 고원

지부티

에티오피아

소말리아

사헬 지역은 건조하고 모래와 돌이 많은 사하라 남부의 좁고 긴 땅이에요. 아프리카 대륙을 가로지르며 약 5000킬로미터에 뻗어 있지요.

아프리카의 강들은 무역에는 맞지 않아도 에너지 생산에 이용될 수 있어요. 에티오피아는 자기 나라 영토에 속하는 나일강 지역에 수력 발전용 댐을 건설 중이에요. 이 때문에 이집트는 신경을 곤두세우지요. 댐에 물을 가두면 이집트로 흘러드는 나일강의 물이 줄어들 테니까요.

사헬 지역

적도 기니

가봉

콩고

콩고 민주 공화국

콩고강

우간다

르완다

부룬디

케냐

킬리만자로산

탄자니아

인도양

상투메 프린시페

열대 우림

루안다

앙골라

잠비아

빅토리아 폭포

말라위

모잠비크

잠베지강

세이셸

코모로

마다가스카르

모리셔스

아프리카는 천연자원이 풍부해요. 보석의 원석, 금, 은뿐 아니라, 휴대폰과 컴퓨터를 만드는 데 쓰이는 귀금속도 생산되지요.

나이지리아는 아프리카에서 원유를 가장 많이 생산해요. 하루에 200만 배럴씩 뽑아낸답니다.

앙골라는 원유의 반 이상을 중국에 수출해요. 앙골라보다 더 많이 중국에 원유를 공급하는 나라는 사우디아라비아뿐이지요.

아프리카의 많은 지역은 농사짓기 어려워요. 흙이 메마른 데다, 자주 가뭄에 시달리거든요. 하지만 운이 좋은 지역들도 있어요. 나일강 계곡은 전 세계에서 매우 비옥한 농경지 중 하나로 꼽힌답니다.

나미브 사막

나미비아

짐바브웨

보츠와나

요하네스버그

에스와티니

칼라하리 사막

레소토

드라켄스버그 산맥

남아프리카 공화국

케이프타운

고대부터 동아프리카와 중동은 매우 가까이 지냈어요. 홍해와 인도양의 뱃길로 항해하며 상품을 교역하고 교류를 했지요.

45

지리의 방해

모든 대륙에는 저마다 문제들이 있지만, 아프리카처럼 골치 아픈 곳도 드물어요. 오랫동안 질병, 전쟁, 기아에 시달리고 있는 데다 매우 가난한 나라들이 대부분이니까요. 아프리카의 많은 나라가 다른 나라들보다 뒤떨어진 이유 중 하나는 지리 때문에 큰 어려움을 겪었고, 지금도 겪고 있기 때문이에요.

단절된 땅

아프리카는 현대 인류가 약 20만 년 전에 처음 나타난 곳이에요. 세월이 흐르며 사람들은 아시아와 유럽으로 퍼져 나가, 그곳에 터를 잡고 마을과 도시들을 세웠고요. 그러나 남아프리카는 사하라 사막, 사헬 지역, 인도양과 대서양 때문에 다른 세계와 거의 단절되었지요. 새로운 사상과 기술 들이 유럽과 아시아에 전파되고 있었지만, 남쪽의 아프리카로는 수백 년 동안 퍼져 나가지 못했어요. 남아프리카의 문화들도 북쪽으로 못 가기는 마찬가지였죠.

어려운 농사

세계 다른 지역들의 초기 인류는 농사짓는 법을 발견한 뒤 한군데에 정착해서 살기 시작했어요. 더 이상 사냥과 채집을 하며 옮겨 다니지 않은 거예요. 그런데 아프리카 대부분 지역에서는 농사짓기가 힘들어요. 밀림과 늪지와 사막으로 뒤덮여 농작물이 풍성하게 자라기 어려운 지역이 너무나 많거든요. 게다가 폭우가 내리는 우기와 가뭄으로 말라붙는 건기가 반복되는 기후도 골칫거리지요.

위험한 야생 동물들

수천 년 전에 다른 대륙들에서는 말과 당나귀 같은 말굽이 있는 동물들을 길들여 운송 수단으로 쓰기 시작했어요. 그러나 아프리카의 기린과 얼룩말들은 이렇게 길들일 수 없었지요.
아프리카 동물들은 대체로 매우 위험해요. 해마다 많은 사람이 하마, 코끼리, 사자의 공격으로 죽지요. 가장 문제가 되는 동물은 모기예요. 말라리아나 황열병 같은 질병을 퍼뜨려서 사람 목숨을 앗아 가거든요. 말라리아로 죽는 아프리카 사람들은 해마다 수십만 명에 이를 정도예요.

물길이 될 수 없는 강들

아프리카에는 강이 많지만, 사람도 물건도 강을 따라 이동하기가 어려워요. 몇 킬로미터마다 폭포를 만나니까요. 이 대륙의 강들 대부분은 높은 곳에서 시작되어 가파르게 떨어지며 흐르지요. 예를 들어 잠베지강은 여섯 나라를 거치면서 흘러가는데, 급류들이 계속 나타나요. 그중 하나가 거대한 빅토리아 폭포예요! 비행기가 없던 옛날에는 강을 통해 다른 곳으로 오고 무역하는 게 불가능해서 마을들이 서로 단절되었답니다.

조각난 대륙

아프리카의 지금 모습에는 지리뿐 아니라 다른 나라 사람들도 영향을 미쳤어요. 수백 년 동안 유럽의 강한 나라들이 아프리카에 와서 '여기는 우리 땅이다.'라고 주장했지요. 이것을 '식민화'라고 해요. 유럽 사람들은 아프리카를 원자재와 값싼 노동력을 내주는 곳으로 여겼어요.

노예로 끌려간 사람들

유럽의 아프리카 점령으로 노예 무역이 성장했어요. 15세기와 19세기 사이에 노예 무역 상인들은 아프리카 사람들 수백만 명을 노예선에 빽빽하게 태워 아메리카 대륙으로 실어 날랐어요. 노예가 된 아프리카 사람들은 비참한 환경에서 강제 노동을 해야 했지요.

빼앗긴 천연자원

유럽 사람들은 아프리카의 천연자원을 빼앗아, 자기네 나라로 엄청나게 보냈어요. 예를 들어 볼까요? 콩고 민주 공화국은 한때 벨기에의 식민지였어요. 벨기에의 왕 레오폴드 2세는 콩고 민주 공화국의 고무를 원했어요. 벨기에의 자동차 산업을 키우려면 타이어를 만들 때 쓰는 고무가 많이 필요했거든요. 콩고 민주 공화국의 풍부한 자원은 그 지역 사람들을 위해 쓰인 것이 전혀 없어요. 오로지 가혹한 학대뿐이었지요.

지금도 여러 나라가 아프리카의 자원에 관심을 가져요. 유럽과 아메리카의 회사들은 아프리카 원유 생산에 관련되어 있고, 중국 또한 여기 자원을 개발하는 데 많은 역할을 해요. 이제, 외국인들은 훔치기보다는 투자하고 있어서 아프리카 나라들은 자기 몫을 주장할 수 있게 되었지요.

케이크 자르듯 나눠 먹은 땅

유럽 강대국들은 아프리카의 자원만 훔친 게 아니에요. 제멋대로 이 대륙을 조각조각 나누었지요. 19세기 말에 이들은 아프리카를 지배하기로 합의했어요. 아프리카 사람들은 여기에 대해 한마디도 할 수 없었지요. 유럽인들은 자기네 나라가 얼마나 멀리까지 탐험했느냐에 따라 지도에 선을 그었어요. 그러고 나서 이 새로운 나라들에 이름을 붙였지요.

이렇게 새로 그어진 국경들 때문에 마을들이 나뉘고, 사람들은 여기저기 자유롭게 오갈 수 없게 되었어요. 서로 사이가 나쁜 집단들이 어쩔 수 없이 한 나라로 묶여 살아야 하는 경우도 생겼고요. 20세기에 유럽인들이 떠난 뒤에도 그 국경선은 대체로 유지되었지요. 새로운 나라들은 이 복잡한 상황에서 어떻게 나라를 꾸려 가야 할지 고민해야 했어요. 일부는 잘해 나가고 있지만, 일부에서는 끝없는 다툼이 벌어져요. 지금까지도 많은 아프리카 사람은 유럽인들이 만들어 놓은 국경선에 영향을 받지요.

아프리카

지리를 전혀 고려하지 않고 국경선을 그었기 때문에 보다시피 아프리카의 많은 나라는 국경선이 직선이에요. 이렇게 선을 긋는 바람에 마을들이 강제로 나뉘었다는 비판을 받아요.

리비아는 지리적으로 세 지역으로 나뉘어 있어요. 수백 년 동안 전혀 다른 세 집단이었던 이곳 사람들을 유럽인들이 하나로 묶어 버렸지요. '리비아'라는 나라의 개념이 생긴 건 겨우 몇 십 년밖에 안 돼서, 이 개념을 이어 가려면 고통을 겪어야 할지도 몰라요.

수단은 1896년부터 1955년까지 영국의 지배를 받았어요. 1956년 독립된 후, 많은 전쟁이 벌어졌지요. 결국 수단은 두 나라로 쪼개졌고, 2011년에 남수단이 세워졌어요. 그런데도 두 나라의 충돌은 여전히 계속되고 있어요.

리비아

수단

나이지리아

남수단

나이지리아에서도 서로 다른 인종 집단들이 한 솥에 같이 던져졌어요. 1967년에 이곳의 한 종족인 이보족이 나이지리아에서 독립하려고 해서 내전이 일어났지요.

콩고 민주 공화국

부룬디

앙골라

부룬디에서 투치족은 소수 종족으로, 전체 인구의 15퍼센트 정도예요. 다수를 차지하는 종족은 후투족이지요. 그런데 정부와 군대의 중요한 자리는 대부분 투치족이 장악하고 있어요. 이런 이유로 격렬한 충돌이 끊이지 않아, 1993년부터 2005년까지 내전이 벌어졌지요.

16세기에 앙골라는 포르투갈의 식민지가 되었어요. 이곳에는 최소한 10개의 주요 종족들이 살았고, 각 종족은 또다시 백여 개의 작은 종족들로 나뉘어 있었어요. 1975년에 포르투갈에서 독립하면서, 서로 공통점이 거의 없는 종족들이 한 나라로 묶이는 바람에 내전이 일어났어요.

콩고 민주 공화국은 200개 이상의 종족들로 이루어졌고, 인구는 8100만 명 정도예요. 각 종족들 사이의 충돌로 나라는 전쟁터가 되었고, 1990년대 말부터 600만 명 이상 죽었지요.

기호
- 벨기에 제국
- 이탈리아 제국
- 영국 제국
- 포르투갈 제국
- 프랑스 제국
- 스페인 제국
- 독일 제국
- 독립 지역

1913년 유럽 식민 제국들이 지배하던 아프리카 지역들을 보여 주는 지도예요.

오늘날 아프리카

오늘날 많은 아프리카 도시들이 성장하고 있어요.
케냐의 나이로비, 탄자니아의 다르에스살람 같은
도시들은 성장 속도가 매우 빠르지요. 그러다 보니
도로와 철도 같은 중요한 시설의 투자에 신경을 써요.

아프리카는 극복하기 어려운 지리뿐 아니라 자원과 사람을 착취한 강대국들의 간섭 때문에 어려움을 겪었어요. 지금도 식민주의가 빚은 문제들이 많고, 내전 지역들도 많아요. 그러나 이 상황은 점점 나아지고 있답니다.

아프리카

매우 가난한 사람들도 있지만, 그 숫자는 급격히 줄어드는 분위기예요. 의료와 교육 수준이 더 나아지고, 사람들의 수명이 더 늘어나고 있어요.

대부분의 아프리카 나라들은 이제 자기네 천연자원을 스스로 챙기게 되었어요. 광물과 원유와 지하자원 덕분에 많은 나라의 경제가 성장하면서 좀 더 바람직한 미래로 나아가고 있고요. 또한 지리 때문에 겪는 어려움 중 일부는 기술의 도움으로 이겨 내고 있지요. 새로운 도로와 철도, 비행기, 인공 항구 들은 이 거대한 대륙을 다른 세계와 이어 주었답니다. 물론 아프리카 대륙의 나라들끼리도 연결해 줬죠!

중동

'중동'이라는 지역 안에는 여러 다른 나라와 문화 들이 있어요. 지형도 매우 다양해서, 산맥과 강 하구의 평야, 습지, 거대한 아라비아 사막으로 이루어져 있지요. 중동은 엄청난 부의 원천인 원유와 가스 같은 천연자원이 풍부해요. 그런데 갈등과 전쟁으로 어려움을 겪고 있기도 하답니다.

터키는 유럽과 아시아에 걸쳐 있어서, '유럽과 중동을 잇는 다리'라는 별명이 붙었어요.

보스포루스 해협은 흑해로 오갈 수 있는 유일한 길이에요. 이 물길은 매우 좁아요. 가장 좁은 곳은 폭이 750미터밖에 안 되지요. 러시아와 터키는 흑해에서 힘을 겨루고 있어요. 만약 터키가 이 해협을 막아 버리면, 러시아 해군은 지중해로 나갈 수 없어요.

예루살렘은 유대교, 기독교, 이슬람교의 중요한 성지인 도시예요. 중세의 어떤 지도들에서는 이곳을 세계의 중심으로 표현했어요.

1948년에 이스라엘이 세워지자, 이미 이곳에 살고 있던 팔레스타인 사람 수십만 명은 살 곳을 잃었어요. 오늘날 이스라엘의 유대인들과 팔레스타인 사람들은 서로 이 땅의 주인이라고 주장하며 끝없이 다투고 있어요.

쿠르디스탄, 쿠르드족이 사는 지역

이라크, 터키, 시리아, 이란에는 쿠르드족이 매우 많고, 많은 쿠르드족은 함께 뭉쳐 독립 국가를 세우려고 해요. 이라크, 터키, 시리아, 이란 정부들은 쿠르드 국가가 생길까 봐 매우 걱정스러울 거예요. 자기네 영토라고 생각하는 일부 지역들을 잃을지도 모르니까요.

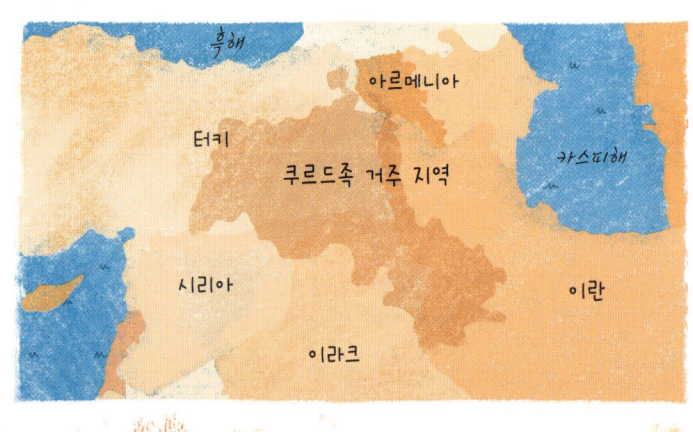

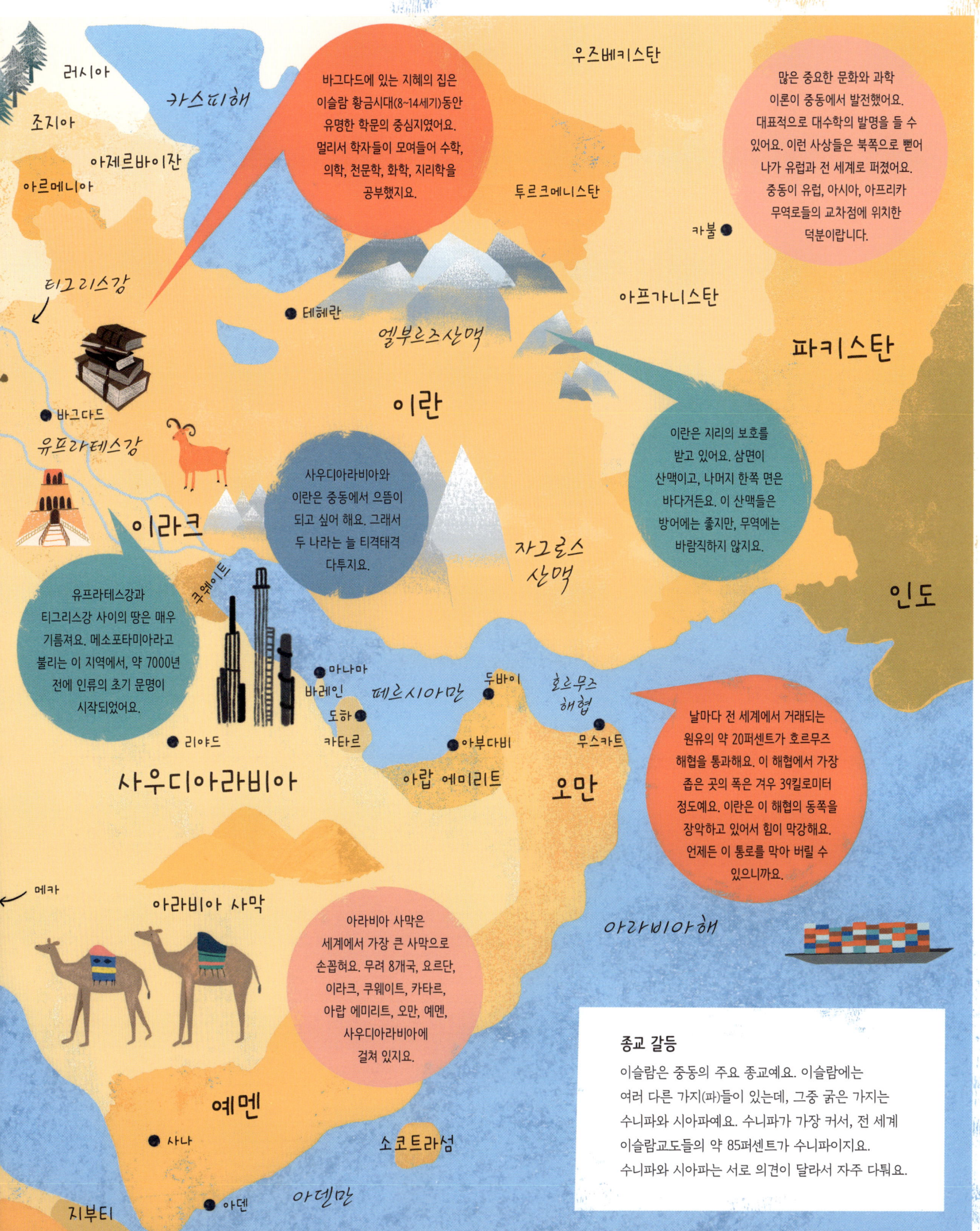

억지로 만든 국경

오늘날 중동에서 일어나는 일을 이해하려면, 과거를 먼저 살펴봐야 해요. 하지만 너무 멀리까지 거슬러 올라가지 않는 게 좋아요. 중동의 많은 국경선은 그다지 오래되지 않았거든요. 그중에서도 제1차 세계 대전이 끝나고 승전국인 유럽의 연합국들이 그은 국경선들은 이후 이 지역을 불안하게 만들었지요.

마크 사이크스

사이크스·피코 협정이란?

제1차 세계 대전 이전에 중동은 오스만 제국의 일부였어요. 국경선도 독립 국가들도 거의 없었고, 다양한 사람이 오스만 제국의 지배를 받으며 함께 살았지요.
제1차 세계 대전 동안, 오스만 제국은 프랑스와 영국의 반대편에 섰어요. 1916년, 영국 외교관인 마크 사이크스와 프랑스 외교관인 프랑수아 조르주 피코가 중동의 지도에 대충 선을 그었어요. 영국과 프랑스가 이긴다면 중동을 나누어 가지려고 한 거예요. 북쪽은 프랑스가, 남쪽은 영국이 지배하기로 한 이 계획은 '사이크스·피코 협정'이라는 이름을 얻게 돼요.

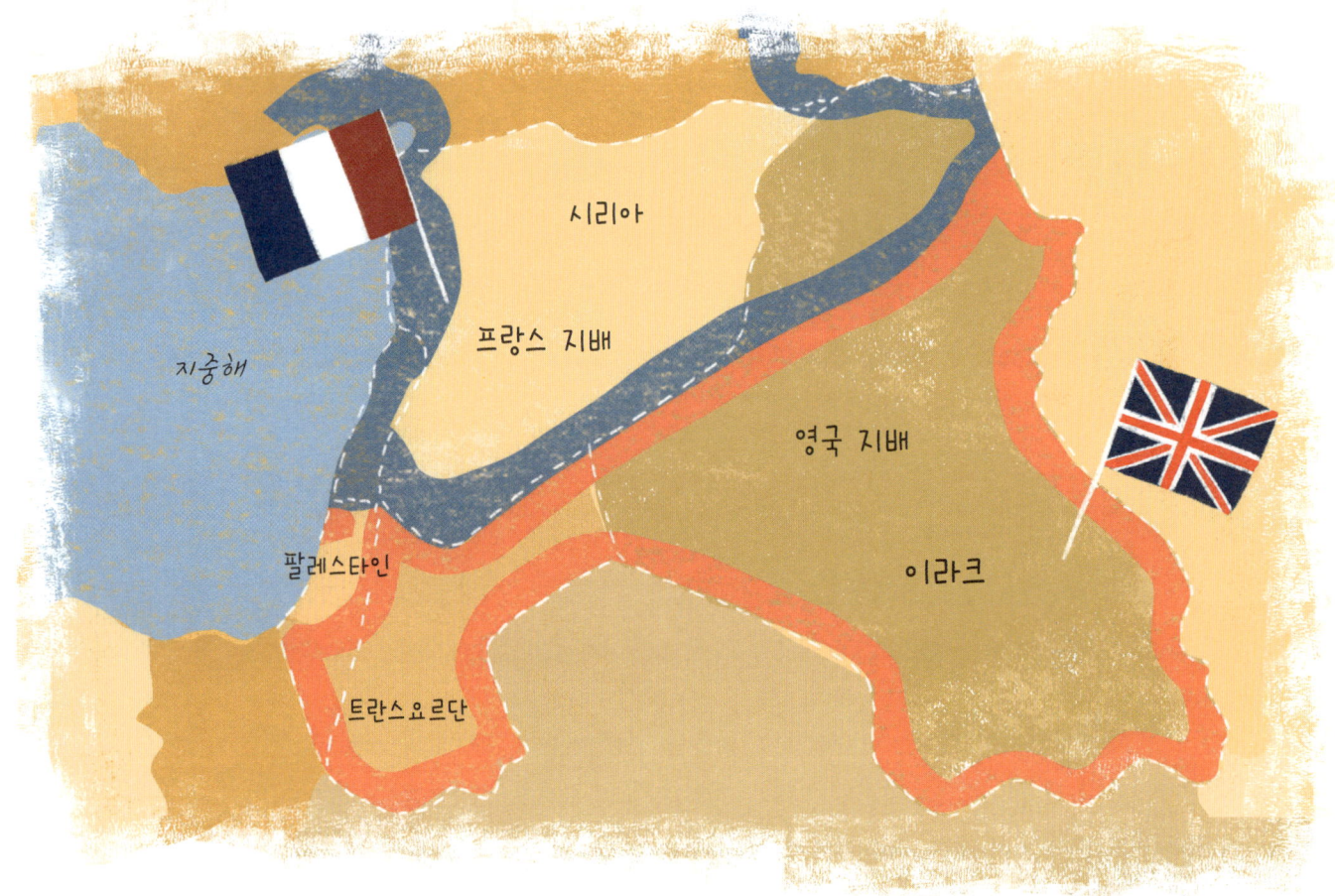

제1차 세계 대전이 끝나고 영국과 프랑스는 이 지역에 새로운 나라들을 만들었어요. 전에는 아예 없던 시리아, 레바논, 요르단, 이라크, 사우디아라비아, 팔레스타인이 생겨났지요. 새로운 나라들을 세우면서 영국과 프랑스는 이 지역의 지리와 그곳에 살고 있던 사람들의 바람을 무시했어요. 사람들은 갑자기 이제 시리아나 이라크 사람이라는 말을 들었어요. 특별한 여권이 없으면 새로 생긴 국경선을 넘을 수 없다고도 했고요. 많은 사람은 이 낯선 규칙을 받아들이기 힘들었지요.

프랑수아 조르주 피코

이라크: 세 지역, 한 나라

이라크는 중동이 겪는 어려움들을 대표적으로 보여 줘요. 이곳은 원래 오스만 제국이 다스리던 서로 다른 세 지역이었어요. 북쪽의 산악 지대에는 주로 쿠르드족이, 바그다드 서쪽 지역에는 수니파 이슬람교도들이, 그리고 남쪽 늪지대에는 시아파 이슬람교도들이 살았어요. 이 땅은 예전부터 늘 이렇게 나뉘어 있었어요. 고대에 이 세 지역은 각각 아시리아, 바빌로니아, 수메르라고 불렸지요.

그런데 영국이 이 땅에 오면서 상황이 달라졌어요. 그들은 세 지역을 한 나라로 통합하려고 했고, 그 결과 혼란과 갈등을 빚었어요. 사는 방식도, 종교도 다른 사람들이 강제로 함께 살아야 하니, 분노와 괴로움은 커져 갔지요. 아프리카에서도 보았지만, 자연에 어긋나는 국경선과 나라를 만들면 안정을 찾기 어려워요. 중동의 많은 나라는 역사가 짧고 힘이 약해요. 그리고 모두를 통합하려는 압박은 사람들의 폭력과 불안, 심지어 내전의 원인이 될 수도 있답니다.

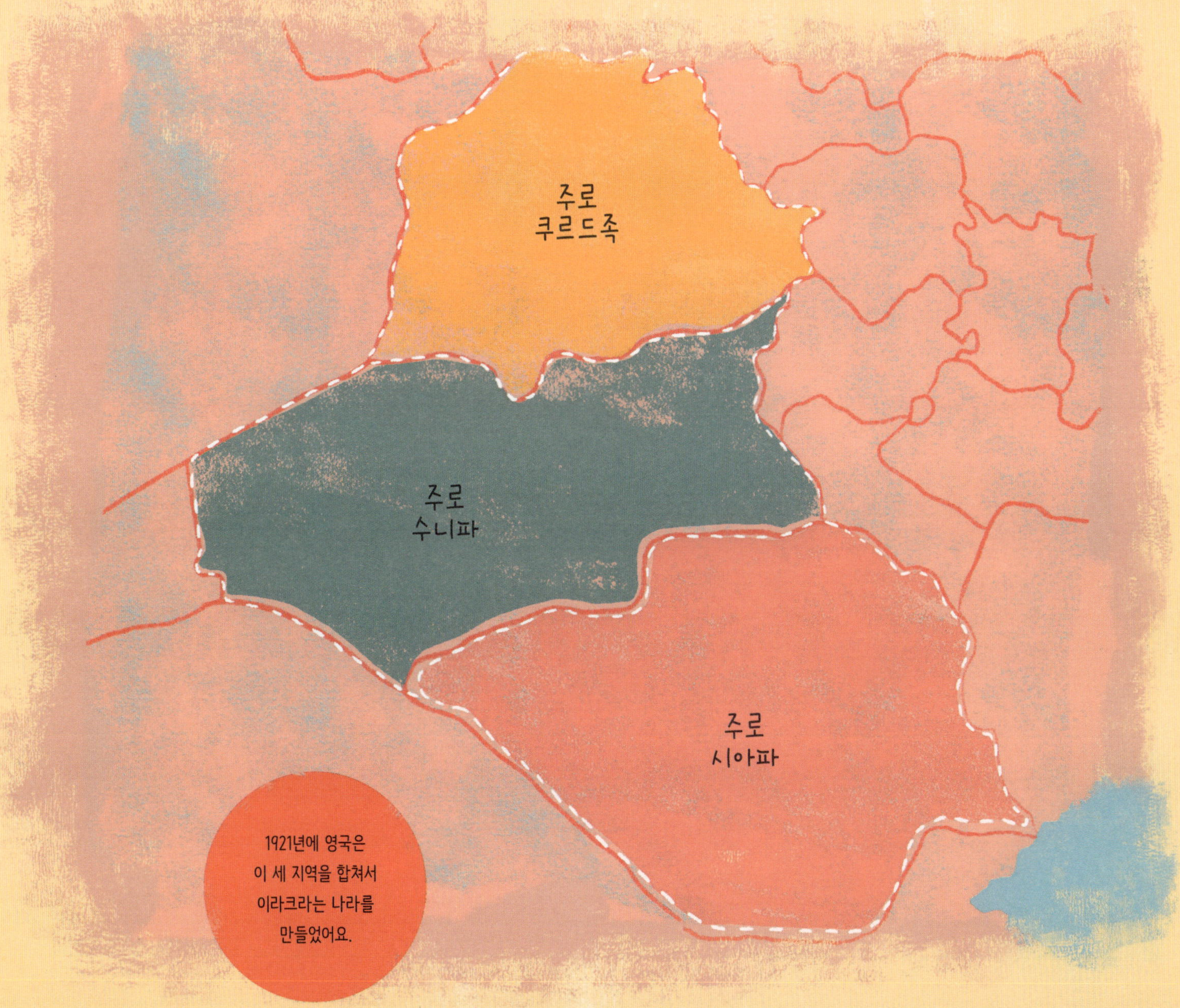

주로 쿠르드족

주로 수니파

주로 시아파

1921년에 영국은 이 세 지역을 합쳐서 이라크라는 나라를 만들었어요.

천연자원이 부른 문제

중동은 천연자원, 특히 원유와 가스가 많아요. 이것들은 엄청난 부를 가져다주지만, 까다로운 숙제들도 안고 있어요.

이란의 원유 매장량은 세계 4위예요. 그런데도 이란은 많은 재정 문제에 시달려요. 이 나라의 많은 사람은 가난하고 실업률은 높지요. 엎친 데 덮친 격으로 미국의 입김을 받는 일부 나라들은 정치적 견해가 다르다며 이란과 교역하기를 거부해요. 또한 산맥이 많다 보니 운송망의 연결성이 떨어져서 석유 산업을 현대화시키기 어렵고요. 원유는 매우 가치가 높아서 여러 집단이 이를 두고 다투지요. 매장량이 세계 6위인 이라크의 원유는 대부분 쿠르드족과 시아파 지역에 있어요. 이 때문에 원유에서 나오는 부를 수니파 지역과 어떻게 나눌지 논란이 생기게 되지요.

나라의 경제가 원유 같은 어느 한 가지에 지나치게 의존하면, 가격이 떨어질 경우 힘들어져요. 최근에 세계에서 손꼽히는 원유 생산 국가인 사우디아라비아를 비롯해서 아랍 에미리트 같은 일부 중동 국가들이 그린 에너지와 관광 산업 등 다른 쪽 개발에 힘썼어요. 원유와 가스에 너무 의존하지 않으려는 시도였지요.

중동의 나라들은 서로 가장 큰 원유 생산국이 되려다 보니 경쟁의식이 강해요. 이런 나라들은 다른 대륙의 나라들과도 경쟁해야 할 상황에 놓이고 있어요. 예를 들어 러시아는 이제 사우디아라비아보다 원유를 더 많이 생산하며, 미국, 중국, 캐나다의 원유 생산량은 세계 10위권에 속한답니다.

중동은 대부분의 지역에서 문제가 많은데, 사이크스·피코 협정이 그은 부자연스러운 국경선들이 주요한 원인이랍니다. 지금 시리아를 비롯한 많은 나라가 폭력과 내전에 시달리고 있어요. 이런 갈등들 때문에 결국 중동의 국경선들은 다시 그어질지도 몰라요.

커다란 분열

영국은 한때 인도와 파키스탄을 식민지로 삼았어요. 영국인들은 '분할하여 지배하라' 하는 정책을 썼어요. 즉, 다른 집단들을 서로 싸우게끔 해서, 힘을 합쳐 영국에 맞서는 일이 없도록 한 거예요. 그래서 서로 다른 종교를 믿는 사람들, 특히 힌두교도들과 이슬람교도들 사이에 갈등이 생겼어요. 제2차 세계 대전이 끝나고 인도가 독립을 밀어붙이자, 결국 영국은 지배를 포기하고 물러났어요. 1947년에 이 지역은 인도와 파키스탄으로 나뉘었어요. 인도에는 주로 힌두교도가, 파키스탄에는 주로 이슬람교도가 살았지요. 그러자 어마어마한 사람들이 이동하기 시작했어요. 이슬람교도 수백만 명은 서쪽 파키스탄을 향해, 힌두교도와 시크교도는 반대쪽으로 몰려간 거예요. 이 대이동 뒤에는 폭동과 폭력이 잇따랐어요. 적어도 100만 명이 숨지고 1500만 명이 살던 곳에서 쫓겨났지요. 서쪽의 이슬람교도 지역은 서파키스탄이 되었고, 콜카타 동쪽 지역은 동파키스탄이 되었어요. 동, 서 파키스탄은 약 1600킬로미터에 이르는 인도를 가운데 두고 나뉘어 있었지요. 그 둘을 통합시킬 공통점은 별로 없었어요. 1971년에 동파키스탄이 반란을 일으키면서 격렬한 충돌을 거쳐 방글라데시가 되었어요.

인도와 파키스탄

인도와 파키스탄은 1947년 이후 서로 다른 길을 걷게 되었어요. 두 나라는 저마다 극복해야 할 것들이 생겨났지요. 인도는 이 지역의 산업과 주요 도시 대부분을 가져갔어요. 은행과 기업의 중심지인 뭄바이와 콜카타, 게다가 인도 정부 건물들이 있는 대도시 델리까지 모두 인도가 차지한 거예요. 경제가 성장하고 강력한 군대를 갖추면서 인도는 강대국으로 올라서고 싶어 해요. 그러나 너무나 심한 빈부 차이를 비롯해 해결해야 할 문제들이 아직도 많답니다. 한편, 파키스탄은 인도보다 힘겹게 출발했어요. 국토는 동쪽과 서쪽으로 나뉘었고, 불안하고 골치 아픈 국경까지 떠맡았어요. 북서쪽 국경이 아프가니스탄과 마주 보고 있거든요. 파키스탄은 이리저리 쪼개진 나라로 보일지도 몰라요. 제각기 다른 언어를 가진 다섯 지역으로 이루어져 있으니까요. 때때로 여기 사람들은 국가보다는 자기가 속한 지역에 더 충성하지요. 이런 불안정한 상태들은 여전히 파키스탄과 주변 지역에 문제들을 일으켜요.

한국과 일본

이 지역에는 특성이 매우 다른 나라들이 있어요. 한국과 일본은 경제 발전을 이룬 민주주의 국가지만, 북한은 빈곤에 시달리는 독재 국가예요. 예측하기 힘든 북한은 이웃들에게 언제 터질지 모르는 폭탄이나 다름없어요. 이 지역은 국제적인 긴장의 근원이기도 해요. 일본과 한국의 동맹인 미국과 북한을 지원하는 중국이 경쟁을 벌이는 분쟁 지대거든요.

중국

함경산맥

압록강

북한

한국과 북한을 가르는 휴전선 주변으로 비무장 지대가 있어요. 1953년에 한국 전쟁(6.25 전쟁)의 휴전을 협정하면서, 군사를 배치하지 않기로 정해 둔 지역이지요. 남과 북 각각 2킬로미터씩, 총 4킬로미터에 펼쳐져 있어요.

평양

비무장 지대

한국이 지배하는 이 섬을 한국인들은 독도, 일본인들은 다케시마라고 불러요. 이곳 주위에는 좋은 어장들이 있고, 천연가스가 묻혀 있다고 여겨져요.

황해

서울

대한민국

한국의 수도인 서울과 주변 수도권에는 전체 인구의 거의 반에 이르는 2500만여 명이 살고 있어요. 한국 사람들은 수도가 북한과의 경계에서 겨우 50킬로미터 정도 떨어져 있어 걱정이 크지요.

부산

독도

동해

한국은 해군을 현대적으로 강화해서 이제 동해와 동중국해를 순찰할 수 있어요. 원유 같은 천연자원을 수입에 의존하기 때문에, 에너지를 공급받는 데 방해가 되지 않도록 바닷길을 감시하는 거예요.

제주도

대한 해협

히다산맥

히로시마

교토

나가사키

시코쿠

규슈

동중국해

류큐 제도

류큐 제도는 일본이 지배하는 지역이에요. 그런데 여기 남쪽 끝 몇몇 섬은 중국이 소유권을 주장하고 있어요. 이 섬들이 일본에 중요한 이유는 침략군이 일본의 중심부에 닿으려면 반드시 거쳐야 하는 지점이기 때문이에요. 이 섬들 주변 바다에는 원유와 가스가 묻혀 있을 거라고 해요.

러시아

캄차카 반도 (러시아)

일본 땅 대부분은 산악 지대예요. 높고 가파른 지형 때문에 강들의 물살이 빠르고 폭포가 많지요. 내륙의 물길을 이용하기에 적당하지 않은 거예요. 그래서 해안을 따라 교통과 교역이 발달한 해양 국가가 되었어요.

오호츠크해

사할린 (러시아)

일본은 홋카이도 북쪽의 쿠릴 열도가 자기네 땅이라고 주장하고 있어요. 이곳은 제2차 세계 대전에서 일본이 패배하면서 러시아가 차지했고, 지금도 지배하는 곳이에요.

일본은 전 세계에서 천연가스와 원유를 가장 많이 수입하는 나라예요. 천연자원이 거의 없거든요.

일본 땅의 13퍼센트만이 대규모 농사에 적합해요. 사람들은 농작물에 의존하는 대신 바다로 눈을 돌렸어요. 일본은 전 세계에서 생선을 비롯한 각종 해산물을 가장 많이 먹는 나라로 손꼽혀요.

쿠릴 열도

홋카이도

일본은 세계 경제 대국 중 하나예요. 시속 320킬로미터로 달릴 수 있는 초고속 열차 신칸센을 비롯해 앞선 기술을 많이 발전시켜 왔어요.

일본

일본 땅의 4분의 3은 사람이 살기 적당하지 않아요. 특히 산악 지역이 살기 어렵지요. 그래서 대부분은 연안 평야를 따라 빽빽하게 모여 살고 있어요.

태평양

혼슈

도쿄

도쿄는 전 세계에서 가장 큰 도시예요. 인구가 9백만 명이 넘지요. 주변 수도권까지 포함하면 무려 4250만 명에 이를 정도예요!

침략의 역사

한국과 북한이 자리한 한반도는 더 큰 나라인 중국과 일본 사이에 끼어 있어요. 천연 방어벽이 없어서 수백 년 동안 정복 대상이 되었고, 침략군은 한반도를 위아래로 휩쓸 수 있었지요. 과거에 한반도는 몽골과 중국과 일본의 침입을 여러 차례 받았어요.

한국과 북한 : 분단국가

1945년, 제2차 세계 대전 말에 미국과 소련(현재의 러시아)은 한반도를 둘로 나누는 데 동의했어요. 1948년 남쪽에는 미국의 지원을 받은 '대한민국'이, 북쪽에는 소련의 지원을 받은 '조선 민주주의 인민 공화국'이 세워졌지요. 이 이름들은 각각 한국과 북한을 이르는 정식 국가명이에요.

북한(조선 민주주의 인민 공화국)

수십 년 동안 북한은 세계에서 가장 알 수 없는 나라로 손꼽혔어요. 이 나라는 잔혹한 독재 정권이 지배하고, 주민 대다수는 극심한 빈곤 속에 살고 있지요. 방어적인 태도와 핵무기 때문에 북한은 한국을 비롯한 다른 나라들과 다투곤 해요. 북한과 한국은 끊임없이 전쟁의 위험 속에 놓여 있는 거예요.

한반도에 끼어든 나라들

한반도의 현재 상황에는 여러 나라가 개입되어 있어요. 중국은 미국과 동맹을 맺은 통일 한국을 원하지 않아요. 국경 가까이에 미국의 군사 기지가 놓일 테니까요. 또한 전쟁을 원하지도 않아요. 국경 너머로 난민 수백만 명이 쏟아져 들어올 텐데 반가울 리 없지요. 그래서 중국은 북한과 활발히 교역하면서 경제를 지원하고 있어요.
미국도 전쟁을 원치 않긴 마찬가지예요. 그렇다고 해도 동맹국인 한국을 군사적으로 지원해야만 하지요. 특히 미국에게 기댈 다른 동맹국들에게 보여 주기 위해서요. 미국은 북한이 공격적인 행동을 할 수 없도록 거의 3만 명의 군대를 한국에 두었어요.

쉽지 않은 평화

북한을 둘러싼 문제들은 해결하기 쉽지 않아요. 아무도 전쟁을 원치 않지만, 관련된 여러 나라들은 서로의 의도를 몰라 두려워하고 의심하지요. 최악의 상황이 일어나지 않도록 각 나라가 조심하는 게 매우 중요하답니다.

일본: 섬나라

일본은 아시아 대륙에서 수백 킬로미터 떨어진 수많은 섬으로 이루어져 있어요. 대륙으로부터 새로운 문화 기술이 전파되어 혜택을 누릴 만큼은 가깝지만, 침략을 피할 만큼은 멀리 떨어져 있지요.

한반도 침략

섬나라인 일본은 천연자원이 부족해요. 그런 이유로 1910년, 강력한 해군의 힘을 이용해 한반도를 점령했어요. 산업화를 시작하던 일본에게는 한반도 북부의 석탄과 철광 같은 자원들이 필요했거든요. 또한 소련이나 중국의 한반도 지배를 막고 싶었지요.

번성과 쇠퇴, 그리고 다시 번성

일본은 1930년대와 1940년대에 중국과 동남아시아를 침략했어요. 제2차 세계 대전 동안 엄청난 속도로 팽창하면서 미국과 갈등을 빚었지요. 1945년에 미국이 히로시마와 나가사키에 원자 폭탄을 떨어뜨리자 일본은 항복했어요. 그 후, 일본의 회복은 빨랐어요. 중국에 맞서기 위해 이 지역에 동맹국이 필요했던 미국이 일본을 도왔거든요. 특히 한국 전쟁 때 미국의 군수 물자 기지로 사용되면서, 일본의 경제는 다시 번성의 길로 접어들었어요. 미국은 여전히 일본에 군사 기지를 두고 있고, 일부 일본인들은 이를 비판해요. 그런데도 미국과 긴밀한 관계를 유지하려는 이유는, 미사일과 핵무기를 가진 북한은 물론, 더욱 강력해지는 중국을 견제하기 위해서랍니다.

일본과 한국은 20세기 초반 일본의 한반도 침략 이후 삐걱거리는 관계를 이어 가고 있어요. 그렇지만 두 나라 모두 북한과 중국에 대해 불안을 안고 있어서, 동맹국 미국에 기꺼이 함께 힘을 보태고 있지요.

라틴 아메리카

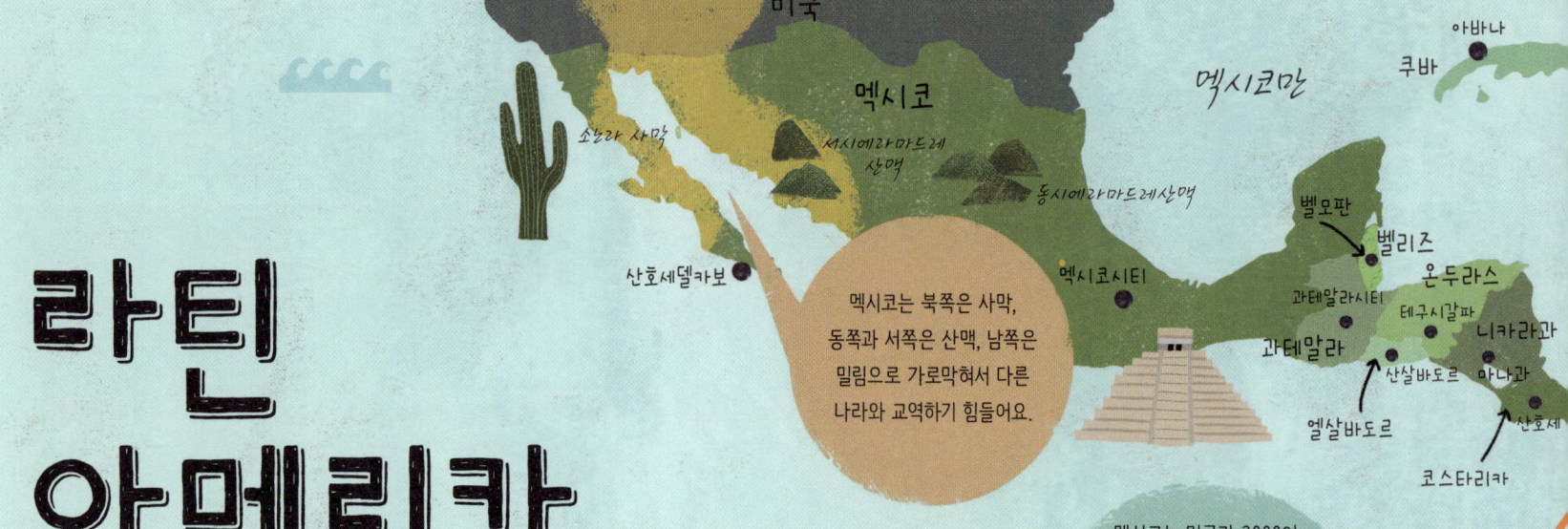

라틴 아메리카는 사막, 열대 우림, 커다란 산맥 등 다양한 모습을 담고 있어요. 이런 천연 방어벽들 때문에 지역들이 서로 막혀 있어서 무역과 농사에 영향을 미치지요. 남쪽 일부 지역은 항구가 세계의 주요 교역로에서 멀리 떨어져 있다 보니, 다른 세계에서 뚝 떨어져 고립되어 있어요. 어떤 나라들은 유럽 식민화와 부유한 이웃인 미국의 그림자 때문에 어려움을 겪었고요. 이런 이유들로 라틴 아메리카는 유럽, 북아메리카, 중국보다 훨씬 가난하지요.

가장자리만 발달한 땅

유럽에서 라틴 아메리카로 온 이주민들은 해안가에만 살았어요. 내륙으로 가로질러 가기 어려운 지형인 데다, 내륙 지역은 모기와 질병에 시달리는 곳들이 많았거든요. 지금도 주요 도시들은 해안 근처에 있어요. 이 해안 지역을 일컬어 '인구가 밀집된 테두리'라고도 하지요. 내륙 지방에는 투자가 거의 되지 않아요. 대도시가 거의 없고, 교통망이 빈약하기 때문이죠.

2010년 라틴 아메리카의 인구 밀도를 나타내는 지도예요. 색이 진한 곳일수록 더 많은 사람이 살고 있어요.

기호

아마존 열대 우림의 영역

대양과 연결하라!

대서양과 태평양을 연결하는 파나마 운하는 1914년에 개통되었어요. 길이는 약 80킬로미터고, 항해에 약 10시간이 걸리지요. 이전에는 라틴 아메리카 남쪽 끝을 돌아서 약 1만 3000킬로미터, 즉 2주일이나 더 가야 했어요.

시간도 아끼고, 연료도 아끼고!

라틴 아메리카 끝을 돌아가는 항로는 훨씬 더 오래 걸릴 뿐 아니라 훨씬 위험해요. 매우 좁은 마젤란 해협을 힘들게 통과하거나, 혼곶 주위의 드레이크 해협을 통과해야 하지요. 이곳은 강풍과 거대한 파도와 빙하의 위협을 받는, 위험하기 그지없는 곳이에요. 파나마 해협은 매우 중요한 교역로예요. 해마다 약 1만 4000척의 배들이 이곳을 이용하지요. 2016년에는 파나마 운하가 확장되어 큰 배들도 다닐 수 있게 되었어요. 이는 파나마 경제에 큰 도움이 되고 있고요. 이 물길을 이용하는 비용은 배의 크기와 무게에 따라 달라요. 짐을 가득 실은 컨테이너선은 수억 원을 내야 한답니다.

브라질: 지리에 맞서다

라틴 아메리카의 여러 나라들은 비슷한 어려움을 겪고 있어요. 대표적으로 브라질은 라틴 아메리카에서 가장 큰, 미국과 맞먹는 크기의 강력한 나라지만, 지리의 방해로 발전이 더뎌요.

해안에 몰린 도시들

2억 1000만여 명의 브라질 인구 중 약 90퍼센트가 대서양 해안 도시에 살아요. 내륙을 개발하고, 교통망을 건설하려면 엄청난 비용이 들고 까다로워요. 그래서 많은 내륙 지역은 인구가 적고 서로 단절되어 있지요. 브라질은 내륙 지역을 활성화시키기 위해 1960년에 수도를 리우데자네이루에서 신도시인 브라질리아로 옮겼을 정도랍니다.

거대한 절벽

브라질 내륙의 대부분을 브라질 고원이라는 높은 지역이 차지하고 있어요. 이 고원은 해안에 가까워지면 무척 가파른 거대한 절벽을 이루어요. 브라질 도시들 대부분이 이 절벽과 바다 사이의 작은 평지에 지어져, 뻗어 나갈 공간이 전혀 없답니다.

까다로운 도로 교통

브라질의 해안 도시들을 잇는 도로 건설은 무척 까다롭고 비용이 많이 들어요. 거대한 절벽을 타 넘어야 하거든요. 지금 있는 도로들은 좁고 종종 교통량이 너무 많다 보니, 땅 길을 통한 무역이 어려울 수밖에 없어요. 브라질은 최근에 앞바다에서 천연가스 매장지를 발견했어요. 이것은 교통 체계를 개선하는 데 경제적인 도움을 줄 거예요.

사라지는 숲

1 브라질 땅의 3분의 1은 아마존 열대 우림이 차지하고 있어요. 이 숲은 전체 지구의 환경에 너무도 중요하기 때문에, 나무를 베는 벌목은 불법이에요. 그런데 브라질 정부는 농민들이 농사를 짓고 소를 키우도록 일부 숲을 태우는 걸 허락했어요. 이렇게 나무를 불살라 만든 밭을 '화전'이라고 해요.

2 화전에서 농사를 짓고 몇 년 지나면 아무것도 자랄 수 없게 돼요. 흙의 상태가 나빠지거든요.

3 농민들은 농사지을 다른 땅을 마련하려고 숲의 나무를 또 베어 내요. 이런 상황은 계속 되풀이되지요. 1970년대부터 농사를 짓고 소를 키우고 자원을 얻기 위해 파괴한 숲은 거의 4분의 1에 이른답니다.

사바나 길들이기

아마존의 남쪽에는 초원인 사바나가 펼쳐져 있어요. 수십 년 전에는 이 땅을 농사짓기에 맞지 않다고 여겼어요. 그런데 지금은 세계 최대 콩 생산지 중 하나로 바뀌었지요. 이 성공담에는 어두운 면이 있어요. 특히 환경에 어마어마한 영향을 미친다는 점에서요. 이 지역을 농경지로 개발하면서, 멸종 위기에 처한 재규어 등 수많은 동식물의 사는 곳이 위협받고 있거든요.

머나먼 농장들

브라질의 전통적인 농업 지대는 땅이 평평하고 물 공급이 잘되는 남쪽에 있어요. 이 지역은 엄청나게 큰 브라질 땅 중 고작 몇 퍼센트에 불과하지만, 무려 스페인, 포르투갈, 이탈리아를 합친 크기랍니다! 이 농경지들은 내륙에 있어서 인구가 많은 브라질의 해안 도시들과 연결되는 운송로가 부족하지요.

라틴 아메리카에서는 대도시가 바삐 돌아가고, 다채로운 축제가 펼쳐지는 등 지역마다 많은 일이 벌어지고 있어요. 그런데 각 지역들은 대부분 서로 너무 멀리 떨어져 있지요. 라틴 아메리카의 문제는 서로 다른 지역들을 연결하기 어렵다는 거예요. 특히 열대 우림과 산맥이 방해를 하지요. 또 다른 문제는 거리예요. 이 대륙은 밑으로 길어서, 거의 지구의 맨 끝에 닿을 정도예요. 주로 북쪽에 위치한 다른 세계와는 멀어도 한참 멀답니다.

오스트레일리아

흔히 호주라고도 불리는 오스트레일리아는 물로 둘러싸인 거대한 땅이에요. 한 나라인 동시에 대륙이기도 해요. 전 세계에서 나라 하나가 통째로 대륙을 이룬 유일한 곳이지요. 다른 대륙에서 외따로 멀리 떨어져 있다 보니 역사상 오랜 기간 동안 고립되어 있었지만, 교통이 발달한 현대에는 아시아와의 교역망을 통해 이익을 얻는 좋은 위치를 누리고 있지요.

북극

세계의 맨 꼭대기에 있는 북극은 역사적으로 사람들을 매혹시켜 온 매우 아름다운 곳이에요. 꽁꽁 얼어붙는 위험한 환경이지만, 많은 모험가가 이곳을 가로지르며 장대한 얼음 세계와 아름다운 야생 동식물들을 탐사했어요. 지금은 얼음이 줄어들면서 북극과 그곳의 천연자원에 다가가는 게 더 쉬워졌어요. 그래서 북극권 국가들인 캐나다, 핀란드, 그린란드, 아이슬란드, 노르웨이, 러시아, 스웨덴, 그리고 미국이 북극의 여러 지역에 관심을 더욱 높이며, 저마다 그곳이 자기들 것이라고 주장하게 되었지요.

북서 항로

수백 년 동안 탐험가들은 북극을 통해 태평양에 이르는 길을 찾으려고 노력했어요. 캐나다 북쪽 해안의 섬들을 통과하는 길을 찾으려 하던 많은 대원들은 죽음을 당했지요. 마침내 1905년에 노르웨이 탐험가인 로알 아문센이 베링 해협을 거쳐서 태평양으로 들어가는 데 성공했어요. 지금은 이 북서 항로를 통해 화물선이 오고 갈 수 있답니다. 단, 북극의 바다 얼음(해빙)이 녹는 여름 몇 주 동안이지만요. 이 길은 유럽에서 아시아로 갈 때 걸리는 시간을 파나마 운하를 거칠 때보다 일주일쯤 줄여 줘요. 시간뿐 아니라 연료와 비용도 훨씬 덜 들지요.

겨울이면 북극은 거의 얼음으로 덮여 있어요. 그런데 최근 수십 년 동안의 위성 사진들을 보면 얼음이 줄어들고 있어요. 대부분의 과학자들은 인간 때문에 생긴 지구 온난화가 주요 원인이라고 여겨요.

북극해의 넓이는 약 1400만 제곱킬로미터예요. 세계에서 가장 작은 바다이지만, 러시아보다 크고 미국 크기의 약 1.5배이지요.

얼음을 깨는 쇄빙선으로는 거의 일 년 내내 북극해를 항해할 수 있어요. 쇄빙선이 무려 46척이나 있는 러시아는 이 지역의 최강국이에요. 미국은 한 척뿐이지요.

북극에는 원유를 비롯해 숨어 있는 자원들이 많아요. 얼음이 녹으면 찾아내기 훨씬 쉬워질 거예요.

북극은 짧은 여름에 기온이 26도까지 올라가지만, 겨울에는 영하 45도 아래로 뚝 떨어져요.

모두가 원하는 땅

북극 지역의 소유권을 주장하는 나라는 모두 여덟 국가예요. 이들 캐나다, 러시아, 미국, 노르웨이, 덴마크, 아이슬란드, 핀란드, 스웨덴은 '북극 이사회'를 구성하고 있지요. 수년 동안 경쟁해 온 이 나라들은 최근에 긴장감을 더욱 높이고 있어요. 각 나라들은 모두 북극의 항로와 자원 들을 갖고 싶어 해서 누가 그것을 차지할 것인지 논쟁을 벌인답니다.

엄청난 자원

북극 지역에는 어마어마한 천연가스와 원유가 있다고 여겨져요. 천연가스는 약 50조 세제곱미터, 원유는 900억 배럴에 이를 거예요. 또한 아직 발견되지는 않았지만, 엄청난 금과 아연, 니켈, 철광석이 있을 가능성이 높아요. 국제 협약에 따르면, 해안에서 370킬로미터 이내의 자원은 그 해안을 가진 나라의 것이에요.

북극은 누구 것?

북극에서 자기 나라 땅을 늘리려고 다투는 나라들도 있어요. 러시아는 시베리아 해안의 로모노소프 해령이 자기 나라 영토와 연결되어 있다면서 자기네 것이라고 주장해요. 그러나 이 해저 산맥은 북극점까지 계속 뻗어 있기 때문에, 이 지역의 다른 나라들은 러시아의 주장에 동의하지 않아요. 러시아는 북극을 우선 관심사로 정했어요. 2007년에는 북극 해저 약 4킬로미터까지 잠수함 두 척을 내려보내서 러시아 국기를 꽂았답니다.

논쟁은 이제 그만!

북극 지역은 살아 나가기 어려운 곳이에요. 대부분 기간에 낮이 밤처럼 끝없이 깜깜하고, 파도가 5미터 높이로 솟구치며, 때로 바다는 2미터 깊이까지 얼어붙어요. 앞으로 이 지역에 밀수 범죄, 원유 유출 같은 새로운 문제들이 생길지도 몰라요. 이런 어려움들에 맞서 북극의 각 나라들은 협력해야 할 거예요.

기후 변화로 이제 세계에서 단 하나 남은, 훼손되지 않은 지역이 위협받고 있어요. 지리만 바뀌는 게 아니에요. 자기 나라 이익을 지키려는 나라들의 관계 또한 바뀌어 가고 있지요. 북극에서 일어나는 일은 전 세계의 문제예요. 이곳의 변화들은 지구 전체에 중요한 영향을 미칠 수도 있거든요. 북극 지역이 자원 경쟁으로 파괴되지 않도록 서로 협력하는 것이 북극 여러 나라들의 이해관계에도 더 바람직할 거예요.

미래

우리는 이 지구 맨 꼭대기까지 왔어요. 이제 남은 길은 단 하나, 위를 향해 올라가는 것뿐!

인간은 언제나 우주 공간에 매혹을 느꼈어요. 그곳은 우리에게 상상의 나래를 펼치도록 했지요. 그리고 지금 우리는 옛사람들의 상상대로 우주 탐험에 나설 수 있어요. 기술이 발전하면서 인류는 우주에도 깃발을 꽂을 거예요. 영토를 정복하고, 우주가 내어놓는 엄청난 장애물을 극복해 나가겠지요. 하늘 높은 곳에는 이미 1000개도 넘는 인공위성이 있고, 유인 우주 정거장이 있고, 심지어 달에는 미국의 국기가 꽂혀 있어요. 지금은 미국, 러시아, 중국 같은 강한 나라들이 우주 경쟁에 앞장서 있지만, 모든 나라가 힘을 모아 어려움을 이겨 나가는 게 바람직할 거예요. 북극 문제가 그렇듯 말이에요.

우리는 별들을 향해 가기 전에, 덜컥거리는 지구로 먼저 눈길을 돌려야 해요. 이 행성에는 헤쳐 나가야 할 장애물들이 여전히 많으니까요. 어떤 장애물은 수천 년 동안 그 자리에 있었고, 우리 미래에도 계속 영향을 미칠 거예요. 이를테면, 히말라야산맥은 중국과 인도를 계속 분리시킬 테고, 러시아는 여전히 약점인 북유럽 평원 쪽으로 신경을 곤두세울 거예요.

미래에는 새로운 도전들도 생길 거예요. 기후 변화는 우리가 사는 세상의 지리에 많은 영향을 미치겠지요. 높아지는 해수면 때문에 물속에 잠기는 도시들이 생기고, 높아지는 기온 때문에 강우량이 바뀌고, 가뭄과 홍수가 잦아질 수 있어요. 그리고 지형의 변화로 많은 동식물들의 사는 곳이 위태로워질 거예요. 인간은 이 지구의 자원을 두고 역사상 그 어느 때보다 심한 경쟁을 할지도 몰라요.

지구는 우리가 가지고 있고, 우리 모두 함께 살아야만 하는 단 하나의 행성이에요. 우리가 만나는 장애물이 그 어떤 것이든, 원래 있던 것이든 새로운 것이든 관계없이 힘을 합쳐 넘어설 방법을 찾아야 해요. 세계 지도자들은 물론 우리들도요!